光文社文庫

長編推理小説

三毛猫ホームズの夢紀行

赤川次郎

光　文　社

『三毛猫ホームズの夢紀行』目次

プロローグ

ああ、そうだ！
この角を曲ったら、セント・シュテファン教会の塔が見えてくる。
そこからはオペラ座まで歩いて十分ほどだ。
そう。ここまで来れば、もう迷うことはない。
ウィーンの街並なら、ほとんどたいていの場所は分るんだ！
ああ、赤と白の市電が通る。――でも、あんな旧型の車両はまだ使っていただろうか？
この通りを辿ると、王宮に出る。
今日も観光客でにぎわっているだろう。
え？　どこへ行きたいって？
任せなさい！　僕がウィーンの街なら、どこへでも案内してあげる。
こうして毎日歩いてるんだもの。いやでも頭に入って来るさ。

え？　恋人と二人で散歩したいって？　どこの公園がいいかっていうのかい？

うーん、困ったね。ウィーンには、いくつも公園があるんだ。どこだって、彼女と二人なら楽しいんじゃないの？

残念ながら、彼女がどこを見たがってるかまでは、僕にも分らないよ。だってそうだろう？

いや、僕自身の彼女ならね。——訊くまでもない。こう答えるに決ってるからさ。

「どこでも、あなたの行きたい所でいいわ」

って……。

君の彼女はどう？　君がどこへ行きたいかなんてお構いなしに、「あそこに行きたい！」「あれが食べたい！」「これが欲しい！」って、わがままを言うタイプかい？

それは気の毒だね。会う度に気をつかって、ご機嫌取らなきゃいけないなんて、疲れちゃうじゃないか。そんな彼女なら別れちゃえよ。

僕はつくづく幸せ者だね。僕のことを喜ばせるのを第一に考えて、しかもいつも僕への感謝の気持を忘れない。

そう。——あんないい子は二人といないよ。

そうだ。今日はまだ電話してなかったっけ。

きっと心配してるだろうな。

「弘一さん、どうしたのかしら?」

って。

風邪でもひいてるんじゃないかしら。もし熱を出して寝込んでたらどうしよう……。

「弘一」

うん、メールを入れとこう。とりあえず安心するだろうし……。

「弘一。――寝てるの?」

ドアの外からの声で、弘一は現実に引き戻された。

「起きてるよ。母さん」

と、返事をする。

「夕ご飯よ。すぐ食べる?」

ドア越しに、母が言った。

「まだ……」

お腹が空いてない、と言おうとして、弘一は初めてお腹が空いてることに気が付いた。

今日は朝、何食べたんだっけ? お昼は?

いや、お昼は確か何も食べてない。

「——うん、食べるよ。母さん」

と言うと、ドア越しでも母が嬉しそうにするのが分る。

「じゃ、あったためて待ってるわよ」

と言って、母のスリッパの音が廊下を遠ざかって行く。

弘一は、たった今自分が入り込んでいた、パソコンの画面を見つめた。

そうだ。弘一は本当にパソコンの中に入り込んでいた。世界の街を歩けるという画面で、ウィーンを自在に歩き回り、カフェでコーヒーを飲み、教会の中にも入った。

確かに、コーヒーの味は分らないし、教会の中の空気がひんやりしていることも、想像するしかないが、それでも弘一は満足だった。

実際にウィーンには一度も行ったことがないのに、こんなに詳しく知っているのだ。たぶん、現地のガイドだって、弘一ほど詳しくは知らないだろう。

そして、「彼女」もまた……。

パソコンの画面の「彼女」に、弘一は「あゆ」という名を付けた。「あゆ」はいつも優しく、弘一を傷つけないように気をつかってくれる。

「外へ出なきゃだめ！」

とか、

「ちゃんと働きなさいよ！」

などと、弘一を叱ったりしない。

「そうだよ……。僕が幸せなら、誰も文句を言うことはないじゃないか」

と、弘一は呟(つぶや)いた。「やあ、あゆ」

「今日(こんにち)は」

と、CGで描かれた愛らしい少女は、恥ずかしそうにはにかんで、「今日も会えて、嬉しいわ」

と言った。

「僕、これからご飯なんだ。また後で会えるかい？」

と、キーボードで打ち込む。

「ええ。待ってるわ！」

あゆは弘一へと投げキッスをした。

「じゃ、後でね」

弘一は立ち上った。

ドアの内側のロックを外して、開ける。

この部屋の中には、母も入らない。その代り、弘一はまめに掃除もしていたし、時々は窓を開けて、空気も入れ換えていた。

「さあ、晩飯だ」

弘一は階段を下りて行った。

食事と風呂以外の用で、一階へ下りることはない。トイレは二階にもあるので、楽だ。

母、雪子は一階のトイレを使う。

——小出弘一は今、二十四歳。この家から一歩も出なくなって、四年たつ。母、小出雪子との二人暮しは、快適だった。

周囲の人間——近所のお節介な女たちや、親戚、それに弘一の友人も、弘一のことを「引きこもり」と呼んでいることは知っていた。しかし、弘一は自分が「引きこもっている」とは思っていない。

ただ、自分の部屋にいるのが、一番「居心地がいい」というだけなのである。

このままでいいとは、自分でも思っていない。しかし、母、雪子が元気で働いてくれているし、何も好んで「居心地の悪い」外の世界へ出て行くこともない、と思うだけだ。

必要になったら。——そうさ、必要ならいつでも僕は外へ出て行ける。そして、有名な会社に就職して、めざましい業績を上げてみせる。

そうだとも！　ただ、僕は今「休憩している」だけなんだ。

「——お腹空いたよ、母さん」

と、ダイニングキッチンに入って、弘一は言った。「母さん？」

妙にこげた匂いが鼻をつく。

鍋から煙が上っていた。——ガスの火がついたままだ。

「母さん、忘れたのかな」

珍しいな、母さんにしちゃ。

弘一は、ガス台の火を止めた。——こんなにこげちゃったら、食べられない。

「——母さん？」

弘一は、母、雪子が流しの前の床に倒れているのに、やっと気付いた。

「どうしたの？　そんな所に寝てたら、風邪ひくよ」

呼びかけても、雪子は答えなかった。

目をびっくりしたように大きく開けて、じっと天井を見上げている。仰向けに倒れている雪子の胸の辺りは、シャツが赤く濡れていた。

「母さん。——起きてよ。ご飯だろ」

弘一は、きっと雪子がパッと起き上って、

「ごめんなさい！　すぐ仕度するわね」

と、冷蔵庫を開けるだろうと思っていた。

そうでなきゃならないのだ。母さんは、僕の頼みなら、必ず聞いてくれるんだから。

「――ね、母さん、そうだよね」

弘一はそう言ったが、雪子は起きてはくれなかった。

「母さん……」

弘一は、ダイニングの椅子を引いて、いつもの所に座った。

こうして待っていれば、母さんはきっと起きてくれる。そして、ご飯を作って、

「ごめんね。遅くなって」

と言ってくれるんだ。

そうだとも……。

弘一は、じっと椅子にかけて、ただ母を待ち続けていた……。

1　深夜の電話

ケータイが鳴ってる。

どこかで。——どこだろう？

夢うつつの中で、亜由(あゆ)はそう考えていた。

でも、あれは私のケータイじゃないわ。私のは着メロで、あんな味も素気(そっけ)もないベルの音じゃないんだから。

しかし——やがて目を覚ますと、

「あれだ」

と、舌打ちした。

確かに、そのケータイは化粧品を置いた棚の上で、鳴り続けていた。亜由は時計を見て、

「ええ？　三時？」

夜中の三時だ。こんな時間に誰が……。

やがてケータイは鳴り止んだが、電源を切っておかないと、またかかって来るかもしれない。亜由は渋々ベッドから這い出した。

以前使っていたケータイで、会社がビルの三十階になったら、電波が入りにくくなったので、別会社のケータイに変えた。しかし、前のメールやデータが必要なこともあるので、そのまま持っていたのだ。

たまたま、久しぶりに連絡を取る相手のアドレスが、前のケータイに入っていたので充電して使ったのだが、そのまま電源を切るのを忘れていた。

「一体誰？」

と、顔をしかめつつ、ケータイを手に取って着信記録を見た亜由は、「——まさか」

思わず、そう言っていた。

〈小出弘一〉と、表示が出ている。もう三回、かけて来ていた。

「冗談じゃないわ」

と呟くと、電源を切ろうとしたが、そのとたん、またケータイは鳴り出した。

静かな寝室の中では、ギョッとするほど大きな音に聞こえた。

こんなの、出ることない。構わず切ってしまおう。——そう思った。

今さら弘一と話すことなどないし、大体、こんな時間にかけて来るなんて、非常識だ。

「そうよ。出ることないんだわ」

鳴り続けるケータイ。亜由は、切ってしまおう、と思った。

「——もしもし」

と言うと、向うがハッと息を呑む気配がした。「もしもし。——弘一君？」

「あ……。亜由さん……だね」

と、力のない声が言った。

「久しぶりね」

「うん……。ありがとう。出てくれて」

「寝てたのよ。今、三時よ、夜中の。どうしたの？」

「あ……うん。ちょっと……」

相変らず、口ごもってばかりだ。

「元気？」

と、亜由は言った。

「うん。僕は元気だよ。亜由さんは……」

「仕事がね、結構忙しくて。毎晩十時過ぎよ、帰るの」

「そう。大変だね」

「朝も早いの。今は早朝会議っていって、八時ごろから、朝食とりながら会議するのよ」

「へえ……。八時か。僕、とっても起きられないな」

「相変らず、家にいるの？」

「まあ……ね」

「ね、もう寝ないと、私、仕事に差し支えるから」

「あ、ごめん！　ごめんね。こんな時間に、悪いと思ったんだけど……」

亜由は苛々（いらいら）して、

「何か用だったの？　用なら言って。急ぎでなかったら、メールでもして」

読まないけどね、と心の中で付け加える。

「うん。用っていっても……。母さんがね……」

「お母さん？　一緒に住んでるんでしょ？」

「うん。そうなんだ」

「あなたのお母さんがどうかしたの？」

「よく……分んないんだ」

「――何よ、一体？　はっきり言って！」

「ごめん！　もう切るよ。ごめんね、起こしちゃって。母さんもその内目を覚ますと思うか

亜由は、弘一の声が震えていることに、初めて気付いた。

「目を覚ます、って……。お母さんがどうしたの？」

「何だか……ずっと寝たままなんだ。台所の床の上で」

「台所の床？　――起こしても起きないの？」

「うん。起きないはずないいんだけど、晩ご飯がまだだから、こしらえてくれると……」

「弘一君。どれくらいたってるの、お母さんが倒れてから？」

「たぶん……七、八時間かな」

亜由は息を呑んだ。

「弘一君。すぐ救急車、呼んで。できるでしょ？　一一九番にかけて、住所言って」

「でも……その内起きるんじゃないかと思うけど」

「床で寝てるなんて、おかしいでしょ！　分った？」

少し間があって、

「――亜由さん。母さん、死んじゃったみたいなんだ」

「弘一君……」

「胸にね、傷があって」

「何ですって？」

「血が出てるんだよ。胸のとこに、穴があいてて」

「それって……殺されたってこと？」

「そうなのかな？」

「弘一君。──一一九番にかけて、今のことを話すのよ。警察に連絡してくれるわ、きっと」

「うん……。そうするよ。ありがとう」

「できる？　電話して、ちゃんと説明するのよ。分った？」

「たぶん……大丈夫だよ。母さんに頼んで、やってもらうから。起こしてごめんね」

「弘一君──」

「元気でね。仕事、頑張って」

「ありがとう……」

──切れた。

亜由は手にしたケータイを、じっと見つめていた。

弘一の、おどおどした上目づかいの眼差し、ときどき見せる、困ったような笑顔を思い出した。

「知らないわ！」

と、亜由はケータイの電源を切ると、引出しの中へ放り込んで、ベッドに潜り込んだ。

そうよ。私の知ったことじゃない。もうとっくの昔に別れたのだ。

しかも、母親が殺された？　――そんなことに係ったら、厄介だ。

亜由は、掛け布団を頭からかぶって目を閉じた。

しかし――浮んで来るのは、母親の死体を前に、じっと座って動かない弘一の姿だった。

きっと、朝になっても弘一は座り続けているに違いない。放っておけば、いつまでも……。

二度、三度、寝返りを打った。そして、諦めて起き上る。

「――物好きね、あんたも」

と、自分に向って言うと、亜由はベッドを出て、着替えた。

弘一の家は、たぶん憶えている。

仕度をして、亜由はアパートの部屋を出たのだった……。

その家の玄関を入るなり、片山義太郎はいきなり大きな欠伸をしてしまった。

夜中――というより明け方に近い四時ごろに叩き起こされて、

「殺人事件の現場へ行け！」

と言われて出て来たのだ。

眠いのは仕方ないにしても、せめて玄関を入る前に欠伸をするべきだった。入るなり大欠伸をして——口を閉じると、目の前に若い女性が立って、片山を見ていたのである。

「あ、あの——すみません」

と、片山はあわてて言った。「ええ……警視庁捜査一課の片山といいます」

「どうぞ」

と、その女性は言った。「何人かおみえです」

「失礼します」

片山が玄関を上ると、石津(いしづ)刑事が出て来た。

「あ、片山さん」

「早かったな」

「近いんですよ、僕の所から」

と、石津は言った。「こっちです。——台所が現場で」

「殺されたのは?」

「この家の奥さんで、小出雪子さんという人です。奥さんというか、今は息子さんと二人暮しだったようです」

台所を、鑑識の人間が数人、忙しく動き回っていた。

エプロンをつけた、四十代半ばくらいと見える女性が、仰向けに流しの前に倒れていた。セーターとスカートは地味で、ごく普通の母親という感じだ。

「銃ですね」

と、石津が言った。

弾丸は心臓を撃ち抜いていた。片山にも、ほとんど即死だろう、と分った。

女性はびっくりしたように目を見開いたままだった。恐怖を感じる余裕もなかったかもしれない。

「特にどこも荒らされている様子はありません」

と、石津が言った。「物盗りじゃありませんね」

「小出雪子……。四十六歳か」

髪が半ば白くなって、やや老けて見える。

「通報してくれたのは？」

「私です」

玄関にいた女性が、片山の後ろに立っていた。

「この家の人ですか？」

と訊いてから、「いや、確か息子さんと二人で暮してたんですね」

「私、天宮亜由といいます」

と、彼女は言った。「ちょっと――お話ししてもよろしいでしょうか」

「ええ、もちろん」

片山は、石津に、「検死官が来たら知らせてくれ」

と言っておいて、その女性と、リビングのソファにかけた。

「天宮亜由さん、でしたね」

片山はメモして、「――ご近所の方？」

「いいえ。息子の弘一君の知り合いです」

と言ってから、天宮亜由は、「昔の、ですけど」と、付け加えた。

「そういえば、息子さんはどこなんだろ？」

と、片山が思い付くと、

「弘一君は自分の部屋にいます」

「部屋に？」

「ええ。――弘一君はこの四年間、この家からほとんど出ていないと思います」

片山は肯いて、

「そういうことですか。それで……」

「夜中の三時ごろ、ケータイに弘一君が電話して来ました」

と、亜由は話を切り出した。

片山は亜由の話を聞いて、

「じゃ、タクシーでここへ来てから、一一〇番通報をされたんですね」

「そうです。弘一君の話だと、お母さんが亡くなったのは、ゆうべの夕飯どきだったようです」

「すると、今のお話では、弘一君という息子さんは、犯人を見てはいないようですね」

「たぶん。――詳しくは訊いていませんけど。ともかく、弘一君にはまだ母親の死が受け容れられていないと思います」

「話を聞くのも大変かもしれないな」

片山はため息をついて、「では、あなたは小出雪子さんを殺したいという人間に心当りは――」

「全く分りません」

と、亜由は即座に言った。「特にこの四年、弘一君とも会っていませんし」

「四年前というと、弘一君は……」

「二十歳です。大学生で、私も同じ学年でした」

「何か……引きこもるきっかけが？」

「分りません」

と、亜由は首を振った。「あの――刑事さん。私、勤めていまして、朝の会議に出席しなくてはいけないんです。帰っても、ほとんど寝る時間はありませんが、仕度もありまして」

「分りました。一応連絡先を……」

「あの大きな刑事さんに申し上げました」

「石津ですね。では、もう引き取っていただいて。何かあればご連絡します」

「ありがとうございます」

亜由はホッとした様子で、「あの――片山さん、でしたかしら」

「ええ」

「後はよろしく。特に弘一君のこと……」

「気を付けますよ」

「そう伺(うかが)って安心しました」

亜由は、コートを手に取ってはおると、「――弘一君は、気持の優しい、いい人なんです。ただ、もう四年たっているので、どうなったかは分りませんけど」

亜由は玄関でスリッパを脱ぐと、靴をはこうとした。そのとき、

「入るな！」

と、甲高い叫び声が二階から聞こえて来た。

「あれは……」

「僕の部屋だ！　入るな！　出てけ！」

「弘一君だわ」

亜由は、階段を見上げた。石津が下りて来る。

「どうしたんだ？」

と、片山が訊いた。

「ここの息子の部屋へ入ろうとしたら、絶対に入れようとしないんですよ。荒らされた所がないか、それに母親を殺した人間の手掛りになるものがないか、一応見たいんだと言ったんですが」

と、石津も当惑している。

「そうか。困ったな」

亜由が、少し迷った後、

「私が話します」

「お願いできますか。室内の物には手を付けません」

「話してみますわ」

亜由は二階へと上って行った。――ドアは閉ざされて、〈ドント・ディスターブ〉の札がかけてある。

「――弘一君。私よ」

と、亜由が声をかけた。「ね、ほんの少しの間でいいから、出て来て」

少し間があって、

「ここは僕の部屋だ！」

と、上ずった声がした。「誰も入れないんだ！」

「弘一君。――お母さんが亡くなって、ショックだろうけど、そこにじっとしていたら、お母さんも悲しむわ。お母さんをちゃんと見送ってあげないと。ね？」

ゆっくりと、かんで含めるような亜由の言い方が、気持を落ちつかせたのだろう。少しして、物音がすると、ドアが開いた。

「警察の方が、一応中を見たいって。大丈夫よ。あなたの物をいじったりしないわ。少し、下へ行ってましょう」

「亜由さん……。一緒にいてくれるよね」

と、弘一は言った。

亜由は一瞬迷ったが、

「ええ、いるわ」

と、肯いて弘一の肩に手を置いた。「さあ、行きましょう」

片山は、亜由に向って、小さく会釈した。

二人が階段を下りて行くと、

「やれやれ、ですね」

と、石津が言った。「中を調べます」

「うん。下手に触るなよ」

「はい」

片山も部屋の中へ入ってみた。

想像していたような、物で溢(あふ)れた、足の踏み場もない部屋ではなかった。むしろすっきりして、埃(ほこり)っぽくもない。神経質なほどきれいな部屋だ。

パソコンはつけっ放しになっていた。

「こんな部屋に閉じこもってて、楽しいんですかね」

と、石津が首をかしげる。

「何かわけがあるのさ」

と、片山は言って、本棚の上の写真立てを見た。

母親と二人で撮った写真。弘一は高校生ぐらいだろう。母親もずいぶん若い。

それ以外の写真は、現実の人間のものではなく、CGで描かれた少女のポートレートだった。

しかし、息子と二人で暮していた母親が、なぜ射殺されることになったのか？――すべてはこれからだ。

「片山さん」

石津の声が緊張していた。

「どうした？」

「見て下さい」

石津は、パソコンを載せた机の傍の屑入れを覗き込んでいた。「――何だか不自然に紙が丸めもしないで入ってたんで、どけてみたんです」

屑入れの底に、黒光りする拳銃が捨てられていたのである。

2　後悔

天宮亜由が駆け付けたとき、もう会議は終って、みんな席を立つところだった。

「申し訳ありません！」

と、亜由は頭を下げた。

「何だ、今ごろ」

と、チームリーダーの尾田八郎（おだはちろう）は冷ややかに亜由を見て、「もう終ったよ、会議は」

「すみません」

他のメンバーはゾロゾロとティーラウンジを出て行く。——〈OBプランニング〉が入ったこのビル。オフィスは三十階だが、早朝会議はビルの最上階、四十階のティーラウンジで、朝食をとりながら行われる。

正規の就業時間は午前九時からだが、八時からの会議に遅れる者はいない。

「あの……」

と、亜由は言った。「アニメフェアのプロジェクトのメンバーは……」

「もちろん決った。リーダーは浅井（あさい）君だ」

「私は……」

「選ぶ場にいない人間はメンバーに入れない。分ってるだろ」

と、尾田は言った。

「でも――」

と言いかけて、亜由は「分りました」

と、目を伏せた。

普通の会社だと課長に当るチームリーダーの尾田は、四十一歳。妥協を許さないエリートだった。言いわけすることを最も嫌う。

「せっかく来たんだ。朝食をとって行け」

と言って、尾田はさっさと行ってしまった。

亜由はしばらく立ちすくんでいたが、テーブルを片付けに来たウエイトレスに、

「何かお持ちしますか？」

と訊かれて、我に返った。

「あ……。いえ」

と、断りかけたものの、「そうね。じゃ、トーストとコーヒー」

と言って席にかけた。

手にしたノートパソコンをテーブルに置いて、

「馬鹿らしい……」

と呟いた。

弘一のせいで、せっかくのチャンスが逃げて行ってしまったのだ。

「あんな電話、出るんじゃなかった」

つい、口に出して言っていた。もちろん、それでも気はおさまらない。

——弘一の部屋の屑入れから、凶器らしい拳銃が見付かった。

当然、弘一は事情を訊かれることになった。しかし、四年間、一歩も外へ出ていない弘一である。母の死に加えて、事情を知らない刑事には、「犯人だろう」と目をつけられて、二重のショックだったのだ。

刑事に尋問されて、弘一はなかなか返事ができなかった。そして、ともかく亜由の手をしっかり握って放さなかったのである。

それでも、あの片山という刑事が理解してくれて、弘一は連行されずにすんだ。

きっと今はまた自分の部屋に閉じこもってしまっていることだろう。

トーストとコーヒーが来て、亜由は食べ始めた。

「——ご飯、どうするんだろ」

弘一は、一人になって生きていけるのだろうか？　食事や洗濯は？

「私の知ったことじゃないわ」

亜由は腹を立てていた。弘一に対して。そして、自分自身に対しても。

〈OBプランニング〉は、イベントや会合、出版などの企画と実施を請け負う会社で、中でも亜由の所属する開発部は、会社の中核である。

当然ながら、競争も激しく、同業との売り込み合戦、社内での争いもある。

早朝会議に遅刻したことは、大きなマイナスだ。

もちろん、これでクビになることはないにしても、このマイナスを他で取り返さないと、開発部から異動させられることは、充分にあり得た。

「弘一君のことどころじゃないわ」

早々とトーストを食べ終え、コーヒーを一気に飲むと、亜由は伝票にサインして、

「ごちそうさま」

と、立ち上った。

支払いは月給日にまとめてする。

エレベーターホールへ入ると、扉が開いた。

「あ……」

リーダーの尾田が降りて来たのだ。

「良かった。まだいたのか」

「今、戻ろうと――」

「ちょっと話がある」

尾田に促されて、亜由は面食らいながら、ティーラウンジへ戻った。

「おい、コーヒー二つ」

「尾田さん……」

「どうしてちゃんと言わないんだ」

「え？」

「いや、聞こうとしなかった俺が悪かった。大変だったんだな」

「どうしてそんなこと……」

「今、電話があった。片山って刑事さんからだ。捜査のために協力してもらって、君が遅刻したのを心配してたよ」

亜由はびっくりした。確かに名刺を渡したたし、早朝会議のことも話したが……。

「でも、遅刻は遅刻です」

「俺も、そう石頭じゃないぞ」

と、尾田は苦笑した。「殺人事件だって？」

「ええ……。TVのニュースでも、たぶん……」

「聞かせてくれ」

「え？　どうしてですか？」

「俺たちは何でも知ってた方がいいんだ。分ってるだろ。いつどこで役に立つか分らない」

「はあ……」

当惑しながら、亜由は、小出弘一のことから始めて、深夜の電話、死体の発見、そして凶器らしい拳銃が見付かったことを話して聞かせた。

尾田は、コーヒーを飲むのも忘れて、じっと聞き入っていた。

「――すると、その弘一って息子が母親を殺したのか？」

「そうではないと思います。片山さんって刑事さんも、犯人がわざと銃をあそこへ捨てて行ったんだろうと思ったようで、弘一君を連行しなかったんです。あの家を見張ってはいるみたいでしたけど」

「そうか。――なかなかよくできた刑事みたいだな」

「いい人です。普通なら留置場じゃないでしょうか。でもその場で、弘一君の手に硝煙反応がないとか、拳銃に指紋がない、とか調べてくれて、犯人扱いしなかったんです」

「なるほど」

と、尾田は妙に納得している様子で、「しかし……」

「は?」

「いや、もしかしたら、その息子が、冷静に計画を練って母親を殺したのかもしれないぞ」

亜由が面食らって何も言えずにいると、尾田はちょっと照れたように笑って、

「ごめんごめん。いや、実は俺、ミステリー大好きなんだ」

「そうなんですか」

亜由は、尾田のプライベートな面を初めて知ったような気がした。「尾田さんって、仕事のことしか頭にないのかと思っていました」

「そりゃひどいよ。俺だって趣味くらいある」

「失礼しました」

尾田はコーヒーを飲むと、

「君、その弘一とかいう息子とは恋人なのか?」

「違いますよ。だって、向うは四年間ずっと外へ出てなかったんですよ」

「大学が同じで。確かに、大学生のころ、付合ったことがあります。でも、恋人っていう仲じゃ……」

「そうなのか。――しかし、今でも引きこもってるとしたら、どうやって生活するんだ？」

「さあ……。そこまでは、私も……」

「覗いてやれよ、時々は」

「尾田さん……」

「もし、犯人のことで何か分るとか、手掛りが出てくるとかしたら、教えてくれ。いいだろ？」

「でも、仕事が――」

「俺が許す！　五時で帰っていい」

「それって、クビってことですか？」

「違うよ！　現実の殺人事件に出くわすなんて、めったにないことだ。そうだろ？」

「年中あったら、かないませんよ」

「せっかくの機会だ。解決までしっかり見届けろよ」

「尾田さんって、そんな趣味があったんですか」

「何とでも言え」

と、尾田は楽しげに、「これは仕事だ。いいね」

亜由は半ば呆れながら、

「分りました……」

と答えたのだった。


弘一は、ぼんやりとパソコンの前に座って、何かよく分らない動画を再生している画面を眺めていた。

時々、CMになって、エプロンをつけたお母さんがにこやかに笑っていた。

「母さん……」

と、弘一は呟くように言った。

もう母はいない。

頭で分っていても、弘一はその事実を受け容れようとしなかった。

「――何だろ」

と、我に返る。

玄関のチャイムがドアの向うで鳴っているのだった……。

放っとけばいいや……。

弘一はチャイムの音を無視することにして、パソコンを改めて見直した。

「そうだ。あゆに会いに行かなきゃ」

何てことだろう！　色々あって大変だったせいか、「あゆ」のことを忘れていた。

急いで呼び出すと、

「弘一さん」

と、あゆが手を振っていた。「ずいぶん遠くに行ってたの？」

「ごめんよ」

と、口に出して言いながら、キーボードに打ち込む。「用事があってね。なかなか会いに行けなかったんだ」

「嬉しいわ、会えて」

「僕もだよ」

——チャイムはくり返し鳴っていた。

構やしない。昼間、一人でいると、やっぱり宅配の荷物とか、何かの集金とか、セールスマンとか、色々やって来て、チャイムを鳴らすことがある。

でも、放っておけば諦めて帰って行くし、もし大切な用なら、何かメモでも置いて行くから、後で母さんが処理してくれる。
そう。僕が気にすることじゃないんだ。
すると、チャイムの音が止んだ。
「これでいいんだ」
ホッとして、「あゆ」との時間に浸ろうとしたが――。
あれは何の音だ？
カチャッという音。ドアのきしむ音。
誰かが玄関の鍵をあけて入って来た！
弘一は思わず腰を浮かした。
どうしよう？　一体誰が？
スリッパの音がしている。――確かに、誰かが階下を歩いているのだ。
突然、倒れている母の姿が目の前に浮んだ。
母さん。――どうしよう？
血の気がひいた。スリッパの音が、階段を上って来たのである。
もしかしたら……。母さんを殺した奴が、僕を殺しに来たのか？
弘一はどうしていいか分らず、ただじっと突っ立っていた。

母さんが……。そうだ、きっと母さんが助けに来てくれる。

僕を見捨てるはずがない！　そうだよね、母さん？

スリッパの音がドアの前で止った。

その時になって、弘一は気付いた。ロックをしていなかった！

色々あって、忘れていたのだ。

もう遅い。手遅れだ……。

ドアがゆっくりと開いた。

ああ！　殺されるんだ！　――弘一はキュッと目をつぶった。

すると、

「ニャー……」

ん？　今の、何だ？

猫の鳴き声だったみたいだけど……。まさかそんな……。

目を開くと、一匹の三毛猫が座って、じっと弘一を見上げていた。

何だかふしぎな目をしていた。その目はまるで人間のように、弘一をある感情を持って眺めているかのようだった。

「――あなたが弘一さんね」

その猫が口をきいたのかと思って、弘一はびっくりしたが、そんなわけはなく……。

「いくらチャイム鳴らしても出ないから、上って来ちゃったわよ」

腕組みした若い女性が、ドアの所に立っていた。

弘一は息をついた。——どう見ても殺し屋じゃなさそうだ。

「何か言ったら？」

と、その女性は言った。

「あの……君は誰？」

「あ、口をきいた」

と、面白そうに、「良かった。そっくりに作られたロウ人形かと思った」

「僕は……人間だよ」

「私は片山晴美（はるみ）」

「片山？」

「あなたが会った片山刑事の妹よ」

「ああ……。でも、どうして……」

「それとホームズ」

「え？」

「ホームズっていうの、その猫」

「ああ……」

弘一は三毛猫を見下ろして、「何の用で？」

「あなたがちゃんと生きてるか、見て来いって、兄に言われてね」

と、晴美は言った。「いつもここにいるの？」

「でも――どうして鍵を？」

「あなたが兄に渡したのよ。忘れた？」

「僕が？　何だか――憶えてないな」

「お母さん、殺されて気の毒だったわね」

と言うと、「ホームズ、とりあえず挨拶は済んだわ」

「ニャー」

三毛猫はスタスタと部屋を出て行った。

「あの……」

と、弘一が言いかけると、

「この家の中なら、動けるでしょ？」

「まあ何とか……」

「兄に言われて、冷凍食品とか、色々山のように買って来たわ。冷蔵庫に入れとくから、適当に電子レンジで温めて食べてね」

「どうも……」

「用はそれだけ。お邪魔さま」

晴美が出て行こうとすると、

「あの――片山……」

「晴美」

「晴美さん。――どうもありがとう」

「いいえ」

晴美は微笑(ほほえ)んで、「でも、いつまでも宅配してあげられるわけじゃないわ。あなたも一人で生きて行けるように努力してね」

「どうも……」

「何か用があったら、私のケータイに」

と、晴美は言って、「そっちへメール、送ったわ。アドレスと電話番号、登録しといてね」

「ああ、それは……」

と、弘一は言った。「その猫――」

「え？」

「利口そうな猫だね」

「そうね。普通とちょっと違うの。それとね、兄から伝言で、今日、夜になるけど、お母さんのことを色々訊きたいって」

「母さんのこと？」

「犯人を見付けなきゃいけないしね。分るでしょ？」

「――うん」

そうか。母さんはもう帰って来ないんだ。

そのとき、パソコンの画面で、

「弘一さん？　何してるの？」

と、声がして、弘一はびっくりした。

「まあ、今の、何？」

と、晴美がパソコンへ歩み寄って、「――へえ、可愛い女の子」

「〈あゆ〉っていうんだ」

と、弘一は言っていた。

「弘一さんって呼んでたわね」

「うん……。そう登録してある」

「会話できるの？」

「いや、文字で打ち込まないと……」

あゆが、

「つまんないの。あゆのこと、飽きちゃったの？」

と、すねている。

「放っとくと振られるわよ」

と、晴美が愉快そうに言った。

「今、切るから」

と、弘一はあわててパソコンの前に座った。

「じゃ、階下に行ってるわ。ごゆっくり」

晴美は出て行ったが、ホームズは残って、弘一がキーボードを叩くのを眺めていた。

――晴美は台所へ行って、冷蔵庫や戸棚の中を覗いた。

「付合い切れないわね……」

と呟く。

玄関の方で、

「今日は……」

と、声がした。

晴美が出て行くと、大きなスーパーの袋を両手にさげた女性が立っている。

「あの……」

「小出弘一さんにご用？　二階だけど」

「そうですか……」

「ああ！　天宮さん？」

「――そうです」

「兄から聞いたわ。天宮亜由さん。――あ、それで〈あゆ〉なのか」

「あの……」

「私、片山晴美。兄は刑事の片山義太郎」

「ああ、あの刑事さん！」

「兄に頼まれて、食べるものとか持って来たんだけど……。必要なかったみたいね」

「そんな……」

「上って。私の家じゃないけど」

亜由の買って来た物も入れると、冷蔵庫は一杯になってしまった。

「それでね、兄が殺された小出雪子さんのことを訊きたがってるんだけど、あなた、何か知ってる?」

「いいえ。私もずっと弘一君と会ってなかったし……」

「そう。——大体、何をして生活してたのかもはっきりしないらしいの。まず雪子さんのことが分らないと、犯人の動機も分らないものね」

そこへホームズがやって来て、引張られるように弘一も現われた。

「やあ……」

「弘一君。——大丈夫?」

「さあ……。よく分らない」

「じゃ、後で兄が来るから」

晴美は自分のバッグを手に取ると、「ホームズ、帰るわよ!」

と促した。

3　もう一つの顔

「じゃ、あの天宮亜由って女性が？」

と、片山は言った。

「そう。ちゃんと食べる物を運んで来てたわよ」

と、晴美は言って、「こんなに遅くなるなら、どこかで食べて来りゃいいのに」

電子レンジが、チンと音をたてた。

「それに、あの小出弘一に話を聞くんじゃなかったの？——はい、どうぞ」

「そのつもりだったけどな」

片山はアパートに帰って来て、遅い夕食である。「いただきます」

「ご飯、お代りあるわよ」

「うん……」

「それで、何か分ったの？」

晴美は自分もお茶をいれて飲みながら、「手掛り見付かった？」

「いや、直接の手掛りはまだだ。もちろん、凶器の銃はあるけどな」

「やっぱりあの拳銃で撃たれたの？」

「今、テスト中だが、確かだろう」

と、片山は言った。

「殺人の動機は？」

「そこは分ってない。——ただ、あの母親、一体何をして暮してたのか、全く分らないんだ」

「どういうこと？」

「預金通帳を見ると、三千万円以上の貯金があった。——どこで稼いだのか」

「あの息子の先行きを考えたら、貯金しなきゃ、とは思ってたでしょうね」

「だが、どこかに勤めていたという気配もない。調べてみないとな」

「そう……。三千万円も貯めるって、簡単じゃないわね」

「ああ。——射殺されてるってことを考えると、もしかすると……」

「もしかすると……。何か危い仕事に係ってたってこと？　犯罪になるような」

「もちろん、そう決ったわけじゃない。ただ、可能性としてはあり得るってことだ」

「そうね」

晴美は肯いた。「ただ――もしそんなことだと分ったら、あの息子はショックでしょうね」

「そうだな……」

片山は二杯目を食べながら、「明日、会いに行ってみよう」

「ニャー……」

ホームズが眠そうな声を出した。

「今日はご苦労だったな」

と、片山はホームズに言った。「あの天宮って女性が行くと分ってりゃ、わざわざ行かなくても良かったのにな」

片山のケータイが鳴った。

「誰かな。出てくれ」

「うん」

晴美は手を伸して、「――石津さんだわ。もしもし。――ええ、今ご飯食べてるわ。待ってね」

片山はガブリとお茶を飲んで、ケータイを受け取った。

「――もしもし。どうした?」

「夕飯ですか！　いいですね」

と、石津が言った。「晴美さんの手料理でしょ」

「おい。腹が空いてかけて来たのか？」

「違います！　例の、小出雪子のことなんですが」

「ああ。どうした？」

「ちょうど車の中から物を盗んだ男が取調べられてて、TVを見たんです」

「それで？」


「あれ？」

と、男は言った。

「——何だ」

取調べていた刑事が顔を上げ、「おい、ちゃんと質問に答えろ」

「すんません」

男は頭をかいて、「でも——あのTVのニュース、何ですか？」

「ニュース？　ああ、殺人だ。どこかのかみさんが殺された」

「へえ……」

「それで、と……。盗んだ物の中で、ネックレスはどうした？」

と訊かれたが、

「――あの女、知ってますよ」

男は村井定といった。駐車してある車から金目の物を盗むのが「商売」。捕まったのはもう三度目だ。

「ふーん。知り合いか」

「いえ。そうじゃないです。でも、あの女、『どこかのかみさん』なんかじゃないですよ」

「どういう意味だ？」

「おっかない女で。危うく殺されるかと思いましたよ」

「大げさな奴だな」

「本当です！　ちっとも大げさなんかじゃありませんよ」

その話を、たまたま石津が耳にしていたのである。

「――おい」

と、石津は声をかけた。「今の話、確かか？」

その車は静かに駐車場へ入って来た。

いつもなら、そんな車は狙わない。

しかし、この夜、村井は無一文で、腹がへって死にそうだった。ともかく、どんな物でも盗みたかったのである。

隠れて見ていると、運転手が降りて、後部席のドアを開けた。——目をみはるような豪華な毛皮のコートをまとった女が降りて来た。

「迎えはいないの？」

と、咎めるように訊く。

「今連絡してみます」

「いいわ。こっちから行った方が早い」

女がさっさと歩いて行く。運転手があわててついて行った。

「いいぞ」

ドアをロックしていない。

村井はそっと車に近付いた。——エレベーターは少し離れていて見えない。運転手が戻って来るのに少し間があるだろう。

ドアを開けると、女のものらしいバッグがあった。中を探る。

札入れだ！　一万円札が二十枚くらいはあるだろう。抜いてポケットへ入れると、他に何かないかと探ってみた。

ケータイがあった。――売れるかな？

ともかくいただいて行くか。

ケータイをポケットへしまい込むと、現金があっただけでも満足で、車のドアを閉めた。

そして――振り向くと、目の前にヌッと大きな男が立っていたのである。

「この野郎！」

と言うなり、拳が腹へ食い込んで、村井はその場に転ってしまった。

「――バッグを忘れたの」

と、あの毛皮の女が言った。

「すみま……せん」

喘ぎながら、村井はやっと言った。「何も食ってなくて……。勘弁して下さい」

「盗んだもんを出せ」

と、黒いスーツの大男が言った。

村井はあわててポケットから現金とケータイを取り出した。

「これだけ？」

と、女が拾い上げて言った。

「これだけです……」

女はケータイを手の中で開いて見ると、

「何か見た？」

「とんでもねえ！」

大男が、靴の先で村井の顎をけった。

村井は呻いて動けなくなった。

「どうします？　始末しますか。もしかするとスパイかも」

「まさか」

と、女は言った。「スパイなら、これほどヘマじゃないでしょ」

「ですが、腕の一本ぐらいへし折ってやらねえと」

村井は涙が出て、

「やめて下さい……。助けて……」

と、手を合せた。

女はしばらく村井を見下ろして立っていたが、

「まあいいわ」

と言った。「これからは、普通の車を狙うのね。命が惜しかったら」

「はい！　はい！　もう決して……。ありがとうございます！」

村井はコンクリートの床に額（ひたい）をこすりつけた。

「いいんですか？」

と、大男は不服そうだ。

「これ以上いじめるのもね」

と、女は言った。

そして女は、村井が返した一万円札を札入れに戻そうとしたが――。

「しわくちゃね。こんなお札、使えないわ」

と言うと、女は一万円札を丸ごと村井の目の前に放り出し、そのままエレベーターの方へと行ってしまった……。


「あのときの女ですよ、あれ」

と、村井は言った。

「人違いじゃないのか」

「いえ。忘れませんよ、あんなことがあったら」

村井はブルッと身震いして、「思い出してもおっかねえ！」

――石津は、片山へ話し終えて、

「どう思います？」

「村井か……。顔は憶えてる」

と、片山は言った。「そんな嘘をついても何も得にならないだろうな」

「人違いってことは――」

「うん。もちろんそういう可能性はあるだろうが」

片山は少し考えて、「今のところ、他に手掛りがない。だめでもともとだ。当ってみよう。村井は留置場か？」

「ええ」

「よし。明日、その女を見たって場所へ案内させよう」

「分りました」

と、石津は言った。「あの――もう食べ終ったんですか？」

「未練がましい言い方するな。食べに来るなら、来てもいいぞ」

「では五分で伺います！」

「五分？　どこでかけてるんだ？」

「そちらへ向う途中です」

と、石津は言った……。

「どうも……」

ひげのザラついた顔で、村井はペコンと頭を下げた。「——片山さんで？」

「うん。前にも会ってる」

「そうですか。どうも人の顔を憶えなくて」

村井は、片山と石津、そして晴美にホームズというふしぎな取り合せを、キョトンとして眺めていた。

「協力してくれたら、釈放だ」

と、石津は言った。「ただし、出まかせ言うなよ」

「もちろんです！」

「じゃ、これを」

と、晴美が手さげ袋を差し出した。

「何でしょう？」

「電気カミソリとローション。さっぱりして。ヘアトニックも入ってるから」

村井は呆気に取られたように受け取って、中を覗き、

「本当だ……」

「ひげを剃って来い。待ってる」

と、片山は言った。

「はい……」

村井はそそくさと立って行った。

十分ほどして戻って来た村井は、びっくりするほど若返って見えた。

「あなた、いくつ？」

と、晴美が愉快そうに訊いた。

「三十……六です」

「若いのね」

「じゃ出かけよう」

と、片山が言って立ち上る。

「はい！」

村井はパッと立ち上ったが——。

そのとたん、聞き慣れた音がした。石津のお腹と同様の音だった。

「何か食べてから行きましょ」

と、晴美は笑って、「腹がへっては戦ができぬ、よね」

「しょうがないな」

と、片山は笑って、「どうせ石津も小腹が空いてるんだろ」

「いえ、大腹が空いてます」

と、石津は言った。

片山たちは行きかけて――。

「どうしたの？」

晴美が面食らって言った。

村井がじっと立ちつくして、ポロポロ涙を流しているのである。

「すみません……」

村井は拳で涙を拭うと、「こんなに親切にしていただいて……。たかがコソ泥の私に……」

晴美は微笑んで、

「いけないわ」

と、ポケットティシュを差し出し、「自分のことを、『たかが』なんて言ってると、本当にそんな人間から抜け出せなくなるのよ」

村井はティシュペーパーを抜いて鼻をかむと、

「すみません……」

と、もう一度言った。

「さあ、行きましょ」

と、晴美が促す。

「何食べましょうかね！」

石津が張り切って言った……。

4　受付嬢

「このビルに間違いないのか」

と、片山が言った。

「ええ、確かだと思います」

と、村井が肯く。「地下の駐車場へ行けばもっと確信持てるんですが」

「よし」

片山はその四十階建のオフィスビルの一階受付へと向った。

「こちらへご用でしょうか」

と、水色の明るい制服の受付嬢が訊いた。

「ちょっと駐車場を見せて下さい」

と、片山は言った。

「は？」

「警察の者です」

片山が名前を名乗り、捜査の必要上、と話すと、

「分りました」

と、その受付嬢は言った。「駐車場の係を呼びましょうか」

「お願いします」

「お待ち下さい。駐車場はビルの管理会社が担当しておりますので」

と、電話していたが、「――申し訳ありません、今担当の者がいないので、私、ご案内します」

受付に〈ただいま席を外しております〉という札を置いて、カウンターから出て来た。

「こちらです」

と、先に立って案内する。「――その猫さまもご一緒ですか?」

「連れです。警察猫で」

「まあ……」

「安西さんというんですね」

片山は名札を見て言った。

「安西むつみと申します。――このエレベーターで、地下二階三階が駐車場です」

村井がちょっと首をかしげて、

「どっちだったか、よく憶えてません」

と言った。

駐車場はどっちのフロアも似たような造りである。

「——そうですね」

一旦地下三階まで下りると、安西むつみが言った。「ここと上の階の違いは、防災センターの入口があることですね、こっちに」

「ああ、それじゃ上の階だ」

と、村井が言った。「あそこにオフィスが見えてたら、敬遠していたでしょう」

「じゃ地下二階へ」

と、安西むつみがエレベーターの扉を開けた。「駐車場で何かあったんですか？」

「いや、私は車泥棒で」

と、村井が言うと、

「は？」

「車を盗むんじゃありません。車の中の物を盗む専門でして」

安西むつみは言葉もなく、村井を眺めていた……。

「——この辺です」

と、村井はエレベーターから二十メートルほどの場所で足を止めた。

「その車がどこのスペースに入れたか分るか？」

「いえ、それは見ていませんでした」

村井は足下のコンクリートの床を見下ろして、「——これ、きっと私の鼻血のあとです」

と、小さなしみを指した。

「何があったんですか？」

安西むつみは、ますますわけが分らないという顔で、片山たちを眺めていた……。

「どんな車だったか、憶えてないのか？」

と、片山が顔をしかめて、「車泥棒なら、車種ぐらい分るだろう」

「すみません」

と、村井は頭をかいて、「あんなでかい外車は、初めから狙わないんです。やっぱり危い連中が使ってることが多いですからね」

「もう一度見たら分るか？」

「さあ……。あの後のショックで、車のことなんかどこかへ飛んでっちまいました」

片山たちはロビー階へ戻っていた。

「小出雪子が、このビルの中のどこに用事があったのか、だな」

と言って、片山は壁のパネルを眺めたが、何しろ四十階までのほとんどのフロアに、いくつもの会社が入っていて、とても一つ一つに当ってはいられない。

「――それって本当の話なんですか？」

と、片山たちの話をずっと聞いていた、このビルの受付嬢、安西むつみが言った。

「もちろんです」

「へえ……。私、駐車場の係の人が来たら訊いてみます」

と、むつみは言った。「といっても、駐車場の係も、五時までしかいませんから、どの程度、夜出入りする車を見ているか分りませんけど」

そのとき、

「ニャー……」

と、ホームズがひと声鳴いた。

「あら」

晴美が目を見開いて、「天宮さん！」

エレベーターから、天宮亜由が降りて来たのである。

「あ……」

天宮亜由も足を止め、「片山さん……。どうしてここへ？」

「いや、ちょっと捜査で」

と、片山も面食らっている。「ここに用で？」

「私の会社、ここの三十階なんです」

「へえ」

と、晴美がびっくりして、「偶然かしらね？」

「その猫……。ホームズ、だったかしら」

亜由はしゃがみ込んで、「弘一君が、変った猫なんだ、って言ってたわ」

「フニャ」

ホームズがとぼけた声を出す。

受付の電話が鳴って、安西むつみが急いで出た。

「はい、受付でございます。――あ、叔母さん？」

むつみはちょっと眉をひそめて、「ここへかけて来ないで、って言ったじゃないの。――ケータイの番号、何回教えたら登録してくれるの？」

と、ため息をついている。

晴美がクスッと笑って、

「どこでも『叔母さん』ってのは似たようなものね」

「全くだ」

片山たちにも、児島光枝（こじまみつえ）という叔母がいる。片山に結婚相手を世話することを自分の使命と心得ているのだが……。

「――そんな、今仕事中なんだから。――一生のことだって言われても……。分ったわ」

渋々という感じでメモを取る。「今度の日曜日ね。Kホテル。午後三時？　――はい、分ったわ。誰から来た話？　――ああ、児島さんね。――分ってるわ。いつも『この上ない縁談』だものね。――え？　警察の人？　――捜査一課の……片山義太郎さん？」

むつみが片山を見て、片山もむつみを見た。

「お兄さん……」

「ああ。――まさか！」

そのとき、片山のケータイが鳴った。

片山はケータイを取り出して、

「嘘だろ！」

「お兄さん――」

「児島の叔母さんだ。――もしもし」

片山はしばらく話を黙って聞いていた。「——いや、聞いてますよ。受付嬢で、安西むつみさん。二十七歳ですね。——ええ、美人でしょうね」

村井も天宮亜由も、じっと二人の話に聞き入っていた……。

「——じゃ、叔母さん、日曜日にね」

「叔母さん、Kホテルで」

二人は通話を切った。

しばし二人とも黙っていたが……。

「——偶然って面白いわね」

と、晴美が言った。

片山は咳払いすると、

「ええと……何と言っていいか……」

「ええ」

と、むつみが肯く。「ともかく——」

「日曜日の午後三時にKホテルでお会いすることになりそうですね」

「ニャー」

「面白がるな」

天宮亜由がふき出して、

「片山刑事さんって、面白い方なんですね」

「僕が面白いんじゃありません！　叔母が面白いんです」

と、片山は言い返した。「こっちにとっちゃ迷惑ですけど」

すると、むつみが、

「あの……片山さん」

「何ですか？」

「私とお見合するのって、迷惑なんでしょうか」

そう訊かれて、片山は焦った。

「いや、そういう意味じゃありません！」

と、あわてて言った。「ただ、あの叔母はこっちの気持なんかお構いなしに見合話を持って来るので……」

「じゃあ……やっぱり気が進まないんですね。もちろん私なんか、何の取り柄もない女ですから……」

と、むつみがシュンとする。

「いや、あなたがどうと言ってるんじゃありません」

と、片山が説明を試みる。

「お兄さん。——後は日曜日まで取っときなさいよ」

と、晴美が言った。

「うん……。そうだな」

「でも、片山さんが私の顔なんか見たくないとおっしゃるんでしたら……」

「そうじゃないってば！」

片山は息をついて、「日曜日を楽しみにしています！」

むつみはやっと笑顔になって、

「はい！　私も」

「じゃ、これで」

「失礼します」

片山はビルから出ようとして、

「——そうじゃない！　何しに来たんだ、俺は？」

村井が大笑いして、

「いや、日本の警察の未来は明るいですな！」

と言った……。

「いやあ、警視庁捜査一課の刑事さんの本物にお目にかかれるなんて！」

と、尾田は片山の手をやたらギュウギュウ握りしめて、「感激です！」

「尾田さん、片山さんが伺いたいことがおありだって……」

と、亜由は言った。「尾田はうちの社の開発部のチームリーダーです」

「どうも……」

四十階のティーラウンジで、片山たちは尾田と会っていた。

「――すると殺された女性がこのビルに？」

と、尾田は亜由の話を聞いて、「そいつは面白い！」

「開発チームは、徹夜泊り込みは年中ですから、それらしい女性を見た人はいないかと思って」

「君だって泊ってるじゃないか」

「でも、尾田さんの三分の一くらいですよ」

「小出雪子といいましたか？」

「そうです。四十六歳。このビルに来るときは豪華な毛皮のコートなどをまとっていたようですが」

「そういう女性が夜中に出入りする……。そんな会社があるかな」

と、尾田は考え込んだ。

「何しろ、一階とこの四十階以外はオフィスが入っていますから」

と、亜由は言った。「全部合せると、凄い数の会社が……」

「それはそうだが、待て」

と、尾田は言った。「今の企業は、残業代をケチってるので、遅くまでオフィスに残らせないのが多いんです。夜中まで仕事してる会社っていうので捜せば、見当がつくかもしれない」

「でも、用心して下さい」

と、晴美が言った。

「用心？」

「そうです」

と、片山は肯いて、「殺人事件なんです。誰かが人を殺している。もしあなたが、これかもしれない、という会社を見付けたとしても、決して一人で調べようとしないで下さい。見当外れでもいいんですから、我々に連絡を」

「なるほど……」

「あなたから見て大したことでなくても、見付けられた方にしてみれば、命取りになることかもしれません。——下手に踏み込めば命の危険がある、ということを忘れないで下さい」

尾田は唸って、

「いや、よく分りました！　いや、実感がこもっている。ますますワクワクして来ましたよ！」

「尾田さん」

と、亜由が顔をしかめて、「片山さん。任せて下さい。私が充分注意して、尾田さんが馬鹿をしないか見張っていますから」

「おい、チームリーダーに向って、『馬鹿』はないだろう」

と、尾田が渋い顔で言って、それから居合せたみんなが笑った。

5　晴れの日

「お兄さん！」

と、晴美が呼んだ。「もう三時になるわよ！」

「──分ってるよ」

片山は化粧室から出て来ると、「何度やってもうまくいかないんだ」

「毎日ネクタイしてるじゃないの」

「そうなんだけど……。考え出すと、分んなくなる」

「全くもう……」

と、晴美はため息をついた。「さ、行きましょう。児島の叔母さんがきっと苛々してるわ」

──Kホテル、午後三時。

日曜日は爽やかな晴天になった。

叔母の児島光枝がお膳立したお見合の席。

片山としては、仕方なく来ているようなものだが……。

「急いで！　三階のレストランよ」

と、晴美がせかせて、

「ニャー」

と、ホームズもそれに加わる。

「分ってるよ……」

片山としては、いつもお見合の席は気が重いが、今日は一つだけ、「相手が分っている」という点が、いつもと違う。

「――義太郎ちゃん！」

片山たちが見付けるより早く、児島光枝の方が片山たちを見付けて、辺りに響き渡る大声を出した。

「やれやれ……」

片山は手を上げて見せた。――ちゃんと見えてると分らせないと、何度でも大声で名前を呼ばれそうだったからだ。

「――心配したわよ！　また逃げちゃったのかと思って！」

と、光枝は片山の腕をギュッとつかんで、言った。

「叔母さん、僕がいつ逃げたんですか？」

と、片山は心外という様子で、「捜査でやむを得ずキャンセルしたことはあっても、逃げたことはありませんよ」

「そうだった？　でも、後で断ってくるのも、逃げてるようなもんよ」

「そんな無茶な！」

――ともかく、片山たちはレストランの中へ。

「あのね、義太郎ちゃん。私もこれまで大勢の人をあなたに引き合せて来たけど、今回のはね、中でも一番！　これを断ったら、義太郎ちゃん、あんたに明日はないわよ」

「オーバーだなあ」

と、片山は苦笑した。

レストランはランチタイムとディナータイムの間で、個室を貸してくれている。

「今はデザートとコーヒーだけだから、彼女を夕食に誘ってね。分った？」

「向うが断るかもしれませんよ」

「そこは押しの一手！　何と言おうと、食事してワインを飲ませて、そのままホテルへ行ってもいいから」

「叔母さん！　そりゃ犯罪ですよ」

個室のドアを光枝が開けて、

「お待たせしました！　発見して来ました」

片山が入って行くと、テーブルの向うで、あの「受付嬢」、安西むつみが立ち上った。

制服姿とは違って、スッキリしたスーツ。

「こちら安西むつみさんよ。これが、片山義太郎ですの！」

光枝が力強く紹介すると、片山とむつみは顔を見合せ、

「片山と申します」

「安西むつみです」

二人とも初対面を装って、挨拶を交わしたのである……。

「ちょっと、ちょっと！」

と、児島光枝が晴美の腕をつかんで言った。

「今回はいい感じじゃない？　どう思う？」

「そうですか？」

「私もね、だてに仲人を何十年もやって来たわけじゃないの！　『これはうまく行くな！』とか『これはだめだな』とか、一目見ればピンと来るのよ」

児島光枝は自信たっぷりに言った。

——片山義太郎と安西むつみのお見合。

とりあえず、レストランの個室を出て、当の二人はホテルの庭を散歩するという、いささか気恥ずかしくなるくらいの「定番コース」を辿っていた。

児島光枝と晴美、それにホームズは、ホテルのロビーに来たところである。

「今度はきっとうまく行くわ」

と、光枝は早くも、「仲人はぜひ私にやらせてね」

「でも叔母ですよ。おかしくない？」

「構やしないわよ！　私は義太郎ちゃんの幸せを願って、こんなに——」

「落ちついて、叔母さん！」

と、晴美はなだめて、「まだどうなるか分んないでしょ」

「いいえ！　二人が顔を合せた瞬間から、二人の間に、初対面とは思えない感情が流れていたわ」

まあ、「初対面じゃない」のだから当然ではあるが……。そうは言えない。

「座りましょ、叔母さん」

と、晴美は促した。

あの安西むつみという女性、晴美もなかなか好印象を持っていたのだが、さて、当の二人はどうなっているか……。


「だけど——」

と、片山が言った。「今どき、こんなお見合する人がいるんですね」

ホテルの庭を散歩する、という定番コースで、少なくとも、「お見合」とはっきり分る二組の男女とすれ違ったのである。

「あちらもそう思ってるかも」

と、安西むつみが言った。

「まあ、確かに」

片山は肯いて、「では、コース通りに、ちょっと腰を下ろしますか」

池を見下ろすベンチに二人は腰をかけた。

「——児島さんって面白い方ですね」

と、むつみが言った。

「ええ。とてもいい人ではありますが……。僕を結婚させることに情熱を燃やしていて」

「片山さんにはちっともその気がない、ってこぼしておいででしたよ」

「勝手に決めて」

と、片山は苦笑して、「ただ——およそもてないことは事実です」

「どうして？　片山さんって、きっと女性に好かれるタイプだと思いますけど」

「いや、まあ……何というか……」

と、片山が口ごもっていると、

「きっと、片山さんは理想が高いのね。私みたいな女、お付合する気になれないんでしょ？」

「そんなことないですよ！　ただ——どう言えばいいか、真剣に付合おうとすると、足がすくんじまうというか……」

「晴美さんがおっしゃってた『女性恐怖症』？」

「そう言ってしまうと、身もふたも……。やはり仕事のせいもあるんだと思います」

「刑事さんだから？」

「事件があれば休みも何もない。何日も家に帰れないことも年中ですし、夜中に突然呼び出されることも」

「でも、どこの社員だって、忙しいときは同じですよ。私の友だちでも、夜は会社で寝袋に入って泊ってるって子もいます」

「そう……。忙しいだけならね」

と、片山は言った。「刑事という仕事には、命の危険があります。もちろん、TVの刑事ドラマみたいな撃ち合いなんて、まずありませんが、それでも突然刺されたりとか、恨みを買って殴られたりすることも……」

「片山さんも？」

「殺されたことはありませんけど。——当り前か」

むつみが声をたてて笑った。片山も一緒に笑って、

「まあ——妹やホームズと一緒にいると、何かと物騒なことに出くわすことが多いんですよ」

と言った。「分ってて、用心してればともかく、何でもないときに狙われたら、避けようがないですよ」

「今みたいなとき？」

「そうですね。たとえば、今、いきなり後ろからバットで殴られたら、よけられないでしょ」

と、片山は後ろを振り返った。

そこに立っていた男は、バットを高く振り上げて、今にも片山めがけて振り下ろそうとしていた！

え？　――え？

考えるより早く、片山の体が脇へよけた。

むつみとの間に、振り下ろされたバットがガン、と音をたてて、表面の塗料が飛び散った。

「何だ、一体！」

と、片山があわてて立ち上る。

「畜生！　しくじった！」

その男がバットを放り出して手を振った。ベンチを力まかせに叩いたので、手がしびれたらしい。

むつみが目を見開いて立ち上ると、

「松原（まつばら）さん！」

と言った。「何してるの！」

「知り合いですか？」

「知っていますけど……。松原さん、あなた――」

「僕を裏切ったな！」

と、その男はむつみをにらんで、「見合するなんて、許せない！」

どう見ても普段着という格好で、およそホテル向きではない。三十歳くらいか、どこか暗い雰囲気の男だ。

「やめてよ！　私、あなたの妻でも婚約者でもないわ！」

と、むつみが男をにらんだ。

「何言ってるんだ！　僕に身を任せて、『いつまでもあなたのものよ』って言ったじゃないか」

むつみが顔を真赤にして、

「そんなの――考え違いしてたのよ。あなただって分ってるじゃないの！」

と言い返した。

「僕は心変りなんかしてない。君が勝手に逃げ出しただけだ」

「でも、私は変ったの！　分った？　私はあなたがいやになったのよ」

「僕は納得しない。君は僕に所属してるんだ！」

片山は咳払いして、

「あのね、失礼ですが」

「引っ込んでろ！　彼女のことなんか、何も分ってないくせに」

「というより、傷害未遂の現行犯で逮捕してもいいんですがね」

片山が警察手帳を見せると、

「あんた——警官？」

「まあ、一応は」

松原という男、ちょっと青くなったが、

「しかし——当らなかったでしょ。わざと外したんだ。そうですよ。殴るつもりはなくて」

と、早口に言って、「むつみ、僕は諦めない！　君を取り戻すぞ！」

と、駆け出しながら、

「また会いに行くぞ！」

と叫んで——消えた。

片山とむつみは、ベンチの横に、しばらく黙って立っていた。

片山は落ちていたバットを拾うと、

「どこからこんな物持って来たのかな」

と、苦笑した。

「——ごめんなさい」

うつむいたまま、むつみは言った。

「いや……。松原っていうんですか、あの男？」

「松原忠士（ただし）というんです」

と、むつみは言った。『忠義』の『忠』に『武士』の『士』で。父親が『忠臣蔵』の大ファンだったそうです」

「なるほど」

「すみません」

と、むつみは深々と頭を下げて、「帰りましょう。児島さんには、断ったとおっしゃっておいて下さい」

「でも……夕食を」

「え？」

「叔母から、『ともかく絶対に夕食に誘え』と言いつかってまして」

「だけど……。私、本当にあの松原と一時恋人同士だったことが……」

「いいじゃないですか。誰だって昔好きだった人ぐらいいますよ」

「——いいんですか？」

と、むつみはじっと片山を見つめた。

「ともかく夕食だけは付合って下さい。叔母に何と言われるか」

むつみの目が少し潤んでいた。

「はい！」

と、嬉しそうに肯く。

「ちょっと早いけど……。ここじゃどうもね。どこか外へ出て食事しましょう。僕は洒落た店とか、さっぱり知らないんです。どこかいい店に連れてって下さい」

むつみは片山の腕に自分の腕を絡めると、

「任せて下さい！」

と言った……。

「まあ、ご覧なさい！」

と、児島光枝が手を打って言った。

「どうかしたの、叔母さん？」

と、晴美が訊く。

「見てよ！ 義太郎ちゃんが……」

晴美とホームズが振り向くと、片山と安西むつみが腕を組んで、ロビーをやって来る。

「へえ……。珍しい」

と、晴美も感心している。

「すばらしい光景だわ！」

光枝は両手をしっかりと組んで、「あの二人がヴァージンロードを歩いてる姿が目に浮ぶじゃないの!」

「そう?」

と、そこまで感動していない晴美だった。

「――お待たせしました」

と、むつみが言った。

「いかがでした?」

と、晴美が訊くと、

「ええ、とても――楽しかった!」

と、むつみは言って、「私は」

と、付け加えた。

「お兄さんは?」

「ああ……。ちょっと殺されかけたけど、楽しかった」

「え?」

「いや、何でもない」

と、片山は首を振って、「じゃ、二人で食事してから帰るよ」

「ごゆっくり」

と、晴美はニヤニヤして、「何なら、帰らなくてもいいわよ」

「ニャー」

「お前まで馬鹿にするのか」

「晴美さんたちもご一緒に、どう？」

と、むつみが言った。「もちろん、ホームズさんも」

「お邪魔する気はないわ。ね、ホームズ」

「ニャー」

「じゃ、私は先に帰ってるわね」

「うん。——じゃ、叔母さん」

「義太郎ちゃん！」

光枝は片山の手をギュッと握って、「幸せをしっかりつかむのよ！」

「叔母さん、痛いですよ」

「あ、ごめんなさい！　むつみさんに握ってもらってね！　ホホホ……」

光枝は、今にもダンスでも始めそうな様子で、行ってしまった。

「相変らずだな」

と、片山は笑って言った。

——晴美は、片山と安西むつみがホテルから出て行くのを見送って、

「さて、私たちはアパートに帰って、おいしいもん、食べましょ」

「ニャーオ」

ホームズは、頭をめぐらせて、他の方を見て鳴いた。晴美もそっちを見て、

「あら」

「——どうも」

ペコンと頭を下げたのは、あの「車泥棒」の村井だった。

「どうしてここへ?」

「いえ、今日片山さんがお見合だと聞いてたんでね。つい覗いてみたくなりまして」

「まあ、わざわざ?」

「実はそれだけじゃないんです。このホテルで仕事があるかもしれないと言われまして」

「ここで?」

「ええ。片山さんが頼んで下さったそうです」

「まあ、そんなこと言ってなかったわ」

「いや、本当にいい方ですね」

「じゃ、うまく行くといいわね」

「ありがとうございます!」

「頑張って。——ホームズ、行くわよ」

晴美たちを見送った村井は、ポケットからメモを取り出し、

「ええと……。庶務の田中さんか……」

と、ロビーの中を見回した。

そのとき、ロビーを大柄な背広姿の男が通って行った。

「あいつ……」

あのときの大男か? あの女の用心棒のようにしていた男。

似ているだけだろうか?

村井は少しためらったが、その大男の後を急いで追って行った……。

6 恋心

「本当にすみません」

と、ワイングラスを手に、むつみが言った。

「――何です？」

「あの人のことです。松原さんの」

「もういいですよ。食べましょう」

「ええ……」

ナイフとフォークを手に、二人は食事を始めた。

「ちゃんと勤めてるときは、あんな人じゃなかったんです」

と、むつみは言った。

「同じ職場だったんですか？」

「いいえ。私は派遣ですから。今の所にもう二年以上いますが、それは珍しいくらいです」

「ああ、なるほど」

「松原さんはイベントなどの企画会社で、有能な社員だったんです」

「企画会社？　じゃ、あの天宮さんのいる〈ＯＢプランニング〉と……」

「ええ、ほぼ同業者です。あのビルへやって来たのも、〈ＯＢ〉を訪ねてのことだったと思います」

「それでお付合を？」

「帰りがけ、声をかけられ、食事に誘われました。とてもスマートで洗練されて見えたものですから、私もすぐＯＫして……」

むつみは淡々と食事しながら、「じき、一緒に旅行に行ったりするようになりました」

片山は黙って聞いていた。——他人の恋愛話など聞きたいわけではないが、今はむつみが話したがっているのだ。

きっと、片山に話すことで、自分の中でも整理がつけられるのだろう。

「でも、付合い出すと、あの人の別の顔が見えて来ました。とても我ままなのです。何でも自分の立てた予定通り行かないと腹を立てて……」

「なるほど」

「一度、箱根へ行ったことがあるのですけど、翌朝、事故で列車が大幅に遅れて……。時間通りに着けば、会議に間に合ったらしいのですが、遅れのせいで間に合わなくなりました。駅員に、それは凄い剣幕で食ってかかり、本当に殴ろうとするのを、私がやっと止めたんです」

「よくいるタイプですよ」

と、片山は言った。「人に弱みを見せるのがいやなんですね」

「ええ、その通りです。会社へ電話して、遅れると伝えるときも、列車が遅れたことを何度もくり返していました」

と、むつみは思い出して苦笑していた。「その内、仕事がうまく行かなくなって……。でも、その都度、私に向って『あいつのせいで』とか『台風さえなかったら』とか、訊いてもいないのにグチるんです。段々、私、いやけがさしてしまって……」

「分ります」

「そして、会社が業績不振で大幅にリストラをして、彼もクビになったんです。――リストラが始まったときも、『俺は会社にとって必要な人間なんだ』と自信満々でしたから、大変なショックだったらしく……。私、彼の、会社への恨みつらみをずっと聞かされてうんざりしてしまいました。それで別れたんです」

むつみはため息をついて、「私が、彼の稼ぎがなくなったから捨てた、とあの人は思い込んでいて……。でも独占欲だけは変りません」

「なるほど」

むつみは改まって頭を下げると、

「すみません、本当に」

と言った。

「いや、あなたが謝ることはありませんよ」

と、片山は言った。「ただ、あの松原という人、あなたに何かすることはありませんか？」

「さあ……。まさか片山さんを殴ろうとするなんて、思ってもみませんでした。でも、もともと気の弱い人なんです」

「まあ、あれもどのくらい本気だったのか……。しかし、いずれにしろ、殴られたくはありませんからね」

むつみはニッコリ笑って、

「じゃ、片山さん、私のことをずーっと守って下さる？」

と言った。

「いや、それは……」

と、片山が口ごもると、むつみは声をあげて笑い、

「冗談です。——私のことはご心配なく。自分の身は守れます」

と、しっかり肯いて見せた。

片山はホッとして食事を続けた。

「——それで、片山さん」

と、むつみが食後のコーヒーを飲みながら言った。「どうしましょう？」

「——どう、とは？」

「今夜、ホテルにします？　それとも私の部屋？」

むつみの問いに、片山はまた言葉を失ってしまったのだった……。

天宮亜由は、小出弘一が一人で暮す家へと向っていた。

「手間のかかる人……」

亜由としては、弘一の母親があゝいう死に方をしたと言っても、自分がどうして毎晩通わなくてはならないのか、

「私のせいじゃないのに！」

夜になると冷たくなる風に眉をひそめつつ、つい口に出して文句を言ってしまう。

チームリーダーの尾田が、

「行ってやれよ。何か手掛りが見付かるかもしれないぞ」

などと言ってくれるのだが、

「私は仕事したいんです！」

と言い返したりしていた。

「私は家政婦でもなきゃ、子守りでもないんだからね！」

文句をくり返しつつ、小出家に着く。

一応玄関のチャイムを鳴らしてから、持っている鍵で入ることにしていた。黙って入って、風呂上りの裸の弘一などと出くわしたくない。

玄関へ入って、

「弘一君」

と、呼んでみた。「私、天宮よ。入るわね」

二階の自分の部屋にいるのなら聞こえないだろう。――亜由は上って、ちょっと首をかしげた。

この匂い……。何かしら？

台所へ入って、亜由は目を丸くした。

「やあ」

弘一が、可愛いピンクのエプロンなどつけて、台所に立っているのだ。

「弘一君……」

亜由は、テーブルに並んだ料理の皿を眺めて、「これ……弘一君が？」

「うん。でも、ほとんど温めただけさ。ほら、このハンバーグは、この間亜由さんが持ってきてくれたやつだし……」

確かに、冷凍庫へ入れておいた物がほとんどだが、皿に盛って、サラダを添えたりしてあるので、まるで今こしらえたかのようだ。

「ご飯だけは炊いたよ！　もうできてる」

と、弘一は言った。「さ、座って。ご飯よそうから」

「やるわよ、私……」

「いいんだ。いつも亜由さん、仕事忙しいのに、無理して来てくれるだろ。たまには、お礼しないと」

「まあ……」

と、亜由はつい笑った。

「笑ってくれたね」

「え？」

「たぶん、僕、亜由さんの笑顔、数えるくらいしか見たことないんだ」

「そう……だった？」

「うん。たまに見るからいいってこともあるかもしれないけどね」

「いつも見てたら飽きるってこと？」

「そうじゃないけど」

「冗談よ。せめてお茶くらいいれるわ」

亜由はコートを脱いで、椅子の背にかけた。

「——さ、いただきます」

二人は一緒に食べ始めた。

亜由がここに来るのも何度目かだが、いつも、亜由が食事の仕度だけして、洗濯機を回しておいて帰るので、こんな風に同じテーブルにつくのは初めてだ。

「——やっぱりいいな」

と、弘一が言った。

「何が？」

「本当の亜由さんだと、ちゃんとご飯食べてるし。あゆは可愛いけど一緒にご飯食べられない」

架空の「彼女」と、実在の亜由を、ちゃんと分けて見ている。亜由は、弘一が少し変りつつある、と感じた。

「おいしいわ」

「うん。亜由さん、料理上手だね」

「ちょっと！　これ、ほとんど買って来たのよ。皮肉言ってる？」

と、亜由は笑った。

食事しながら、

「弘一君、髪はどうしてるの？」

と、亜由は訊いた。

弘一の髪は乾いてボサボサ。二十四歳なのに、白い髪が混っている。

「ああ……。時々母さんが切ってくれてた」

「そう。——じゃ、一度美容院に行ったら？」

「うん……」

と、弘一はちょっと目を伏せた。

「そうだわ！　食事済んだら、行きましょうよ！」

「え？　こんな夜に？」

「遅くまでやってる所があるのよ。充分間に合うわ!」

亜由は自分でもふしぎなくらい、張り切っていた……。


「ずいぶん長いこと、放っておいたんですね」

と、その美容師は弘一の髪に指を通しながら言った。

「ええ、病気してて、なかなか出られなかったんですよ」

と、そばで見ている亜由は言った。

「そうでしたか。——それは失礼なことを言ってしまって」

「いいんです」

と、弘一が初めて口を開いた。「元のように黒くなります?」

弘一も、髪が少し白くなりかけているのを気にしていたのだ。いや、こうして亜由に引張られて外出してくるようになって、初めて気になったのだろう。

「大丈夫ですよ。まだお若いんですから。ちゃんと髪に栄養をやって、やさしく毎日洗ってやって下さいね」

いつも亜由を担当してくれている美容師である。三十代の男性で、腕は確かだ。

手早くハサミを入れ、髪を大分減らした。

「弘一君、スッキリしてとてもいいわ」

と、亜由は言った。

「何だか頭が軽くなったみたいだ」

と、弘一は少し恥ずかしそうに言った。

「ずいぶん切りましたからね」

「本当だわ。足下見て。髪が沢山(たくさん)落ちてる」

「さあ、シャンプーしましょう。――向き、変えますよ」

椅子をクルッと回して、大きく倒すと、弘一の髪を洗う。

亜由が、何だかふしぎな気持で弘一を眺めている。

――こんな頼りなくて手間のかかる男のことなんか、早く縁を切りたい、と思っていた。いや、今でも頭ではそう考えている。

しかし、こうして亜由に引張られてでも、にぎやかな人ごみの中へ出かけて来て、美容室で髪を洗ってもらっている弘一を見ていると、何かふしぎな感動(と言うのは大げさかもしれないが)が湧いてくるのを否定できなかった。

もちろん、これは「恋」というものじゃない。当り前だ。弘一に恋するなんて、考えられない……。

「熱くないですか？」

美容師が弘一の頭を流しながら訊く。

「え？」

「お湯の温度、大丈夫ですか？」

弘一は少し戸惑っているようだったが、

「ええ。——大丈夫です」

と答えた。

美容師はていねいに髪を洗い、シャンプーを落としていく。

「もともと、柔らかくて、いい髪質ですね。何なら少し染めてみたら？　明るいオレンジ色なんか、若々しくて似合うと思いますよ」

と、話しかけていた美容師が手を止めて、「あれ？　大丈夫ですか？　どこか痛かった？」

「どうしたの？」

と、亜由が駆け寄った。

弘一が泣いていたのだ。仰向けに寝たまま、大粒の涙がポロポロと溢れている。

「弘一君、どうしたの？」

と、亜由が訊くと、

「ごめん……」

弘一は首に巻いたタオルで涙を拭って、「この髪が……ほめてくれたのが、嬉しくって。母さん以外の人からほめられたことなんて、なかったから……」

「そう……」

亜由は弘一の手を軽く握ると、「そうよ。弘一君には、ほめられるところが色々あるの。自信を持ってね」

と言った。

「ありがとう、亜由さん」

弘一は涙をもう一度拭くと、「すみません。続けて下さい」

と、美容師へ言った。

「はい。――じゃ、リラックスしてて下さいね」

「ええ……。凄く気持いいです」

と、弘一は言って目をつぶった。

シャンプーが済むと、美容師が亜由の方へ、

「どうします？　眠っちゃいましたよ」

と、小声で言った。

「まあ……」

亜由は近付いて、弘一の寝顔を覗き込んだ。子供のような無邪気な寝顔だ。

「何年も外へ出てなかったんです」

と、亜由は言った。「疲れたのね」

「何だか、起こすのが気の毒みたいですね」

と、美容師は微笑んだ。

「でも、まさかここで朝まで寝かせとくわけにいきませんから」

と、亜由は弘一の肩を叩いて、「弘一君。――起きて。弘一君」

弘一は目を開けると、

「母さん、い、どうしたの？」

と言った。

「弘一君。私、天宮亜由よ」

言われて、自分がどこにいるか思い出したらしく、

「あ……。ごめん」

と、目をそらした。「何だか――亜由さんの顔が母さんに見えて。ごめんね」

亜由は笑って、

「私、そんなに優しい顔してる？　さ、仕上げてもらって」

「じゃあ、ちょっと染めてみますか」

と、美容師が言った。


「お待たせしました」

美容師の声に、亜由はパラパラめくっていたファッション誌から顔を上げた。

「あら！――いいじゃないの」

と、亜由は目をみはった。

髪を少し薄いオレンジ色に染めた弘一は、本来の二十四歳という年齢よりも、むしろ若くさえ見えた。

「何だか……自分じゃないみたい」

と、弘一は鏡を覗いて言うと、照れたように髪へ手をやった。

「そんなことない！　とっても似合ってるわよ」

と、亜由は言った。「次は着る物ね」

しかし、さすがにもう時間が遅く、開いている店もない。

「じゃ、また昼間、出直して来ましょう」

亜由は弘一の腕を取った。「ありがとう!」

と、美容師へ声をかける。

――タクシーで、弘一の家へ帰る。

「ありがとう、亜由さん」

と、タクシーの中で、弘一は言った。

「いいのよ。出かけて来られて、嬉しいわ、私も」

「うん……。母さんが生きてたら喜ぶだろうな」

「そうね」

亜由は、弘一の眼が潤んでいるのを見た。

優しい子なのだ。――亜由の胸にふしぎな熱さが満ちて来た。

「今日も会社に行かないと」

と、亜由は呟くように言った。

「忙しいんだね」

「そうね。でも、好きだから、仕事が」

「そんな時に、僕に付合ってくれて、ありがとう」

「いいのよ。私から言い出したんだもの」

と、亜由は言った。

タクシーが、もうじき弘一の家に着く。

「じゃあ、私――このまま会社に行くわ。鍵、持ってる？」

「うん、持ってる。あの――タクシー代は？」

「大丈夫。会社払い」

「そうか」

「――あ、そこで一人降ります」

タクシーが停って、

「じゃ、おやすみなさい」

と言って、弘一は降りて行った。

「またね」

「うん」

ドアが閉る。タクシーが走り出すと、弘一は、ちょっと不安そうな笑顔を作って、手を振った。亜由は手を振り返した。

振り返ると、弘一はずっと玄関の前で手を振っていた。

ほんの一瞬、亜由は考え、迷った。しかし一瞬だった。

「停めて下さい」

と、運転手に声をかけ、「ごめんなさい。ここで降ります」

料金を払って降りると、足早に戻って行く。

弘一は亜由が戻って来るのを見て、そのまま立っていた。

「——どうしたの？　忘れ物？」

という弘一の問いには答えず、

「中へ入ろ」

と、亜由は弘一の腕を取って促した。

「うん……。鍵、出すから」

「私が開ける」

——こんなこと、馬鹿げてるわ。

別に弘一のことを好きでもないのに。そう、好きなわけがない。

同情？　きっとそうなんだ。私はお母さんの代りをしようとしてる……。

「仕事、いいの？」

と、玄関から上って、弘一は訊いた。

「いいのよ」

バッグを足下に落とすと、亜由は弘一を抱きしめ、自分から唇を唇へ押し付けて行った。

これは恋じゃない。恋なんかじゃない。

同情よ。——そう、同情なんだわ。

「あなたの部屋へ行きましょ」

と、亜由は言うと、弘一の手を引いて階段を上って行った……。

7　危険へ一歩

片山は無事に安西むつみを送り届けて、誘惑にも負けず（?）、やっと一人になった。

タクシーで、近くの駅へ向っていると、ケータイが鳴った。

「――片山です」

「Kホテルの庶務の田中です」

そう言われて思い出した。あの車泥棒の村井を紹介してあったのだ。

「どうも、面倒なお願いを」

「いえ、それが今日おみえになることになってたんですが――」

「行きませんでしたか。すみません」

「それはいいんです。ただ――実はさっきこのホテルの地下の駐車場で人がひかれまして」

「ひかれた?」

「ええ。男の人が亡くなったんですが。何だか伺ってた村井という人と似ているような気がして……」

「すぐ向います」

片山は運転手にKホテルへ向うように言った。

村井が？　――駐車場にいた、というのも引っかかる。

途中、晴美に電話した。

「あら、お泊りじゃないの？」

「何言ってんだ。それより、今、Kホテルから電話で……」

片山の話を聞くと、

「村井って、あの車泥棒の？」

「うん、そうだ」

「私、ホテルで会ったわよ」

「何だって？」

「私もそっちに行く！」

と、晴美はそう言って切った。

片山は、わけが分らないまま、Kホテルへと向った。

村井は目を開けたまま死んでいた。

「——村井です」

と、片山は布をかけると、「ひいた車は?」

と、ガードマンに訊いた。

「分りません。今日は大きなパーティがいくつもありまして、駐車場も満杯でした」

「なるほど」

「お帰りもほとんど一緒ですから、次から次へと車が出て……。やっとホッとしたら、後にこの人が……」

「届けも何もなかったんですね。——これはもしかすると事故じゃないかもしれません」

「というと……」

「殺人ということも考えられます」

片山は連絡して、鑑識などのチームを呼んだ。

「お兄さん」

晴美がホームズと一緒にやって来た。

「村井だったよ」

「やっぱり?」

晴美は布をめくって、「――どうしてこんなことに？」

「村井とどこで会ったんだ？」

晴美の話を聞いて、片山は肯いた。

「――真面目に働くつもりだったんだろうな。しかし、どうしてここで……」

「駐車場って、小出雪子さんと会ったのも――」

「うん。それは思ったよ。村井はたぶん、このホテルで誰かに会ったんだ」

「まずいものを見た、ってこと？」

「殺しだとしたら、よほどのことだな」

片山はガードマンへ、「今日あったパーティについて伺いたいんですが」

と言った。

「それは宴会係に訊いて下さい。――今日はもう帰宅していると思いますが」

庶務の田中ももう帰ってしまっている。

「では明日、改めて。――今夜の捜査について、夜間の責任者の方は？」

「今、呼びます」

ガードマンが事務所へと駆けて行った。

「――そういえば」

と、晴美が言った。「安西むつみさんとのお見合はどうなったの?」

「え? ああ、忘れてた」

「呑気ねえ」

「いや、この一件で……。しかし、俺も危うく殺されるところだったんだ」

晴美が目を丸くして、

「むつみさんに?」

「そうじゃない! 彼女の元の恋人だ」

「どうなってるの?」

「ニャー」

ホームズも呆れたように鳴いた。

「しょうがないだろ! 俺のせいじゃないんだ」

と、片山は言い返した。


「もしもし、尾田さんですか」

「亜由か。どうした?」

「すみません。ちょっと手間取ってまして。今夜、そっちへ戻れないかもしれないんですが」

「分った。——まあ、大丈夫だろ」

「すみません。明日早く出ます」

「いいよ、普通で。じゃ」

「よろしく」

尾田は通話を切った。

——日曜日の今日も、七、八人のスタッフが残っている。

尾田は席を立つと、エレベーターホールへと出た。

大きなビルだ。エレベーターは深夜も忙しく動いている。

「しかしな……」

尾田は考え込んだ。

毛皮のコートの女が夜中に出入りする？

そんな会社があるだろうか？

尾田はエレベーターで一階へ下りると、ロビーのパネルを眺めた。

この中の、どの会社だろう……。

「どうかしたんですか？」

と、声をかけられて、尾田は振り返った。

若い女性が立っている。——誰だっけ？

「いやだ」

と、その女性が笑って、「私のこと、誰か分らないんですね？」

「いや、どこかで会ったよね」

と、尾田は考え込んだ。

「毎日のようにお会いしてますよ、四十階で」

「え？」

尾田はやっと分って、「ああ！　ティーラウンジの！」

「ウエイトレスです」

「そうか。ごめん！　しかし、いつも制服姿しか見てないんでね」

ティーラウンジでは白いエプロンで、昔の小間使風のスタイルである。その格好がよく似合う子だった。

「私服だとイメージが……」

と、尾田が言った。

「いいんです。尾田さん、とっても偉い方なんでしょ？　こんなウエイトレスのことなんか憶えてられませんよね」

「そんなんじゃないよ！　しかし――名前、何ていうの？」

「香川です。〈香川県〉の香川で、涼子です」

「涼子ちゃんか。――よし、もう忘れない」

尾田は、こんなに可愛い子だったっけと思っていた。「こんな遅くまで仕事？」

「上の喫茶はとっくに閉ってますけど、今日は、ミーティングルームで小さなパーティがあって」

と、香川涼子は言った。

「そういう仕事もするの？」

「サンドイッチとか、簡単なものだけでいいときは、うちでやります。もう少しちゃんと食べるものを出すときは、外からケータリングで。どっちも飲物はこちらが出すので」

「そりゃ知らなかった。それでこんな時間なのか」

「私も雇われるときは、こんな仕事があるなんて聞いてなかったんです」

と、涼子は言った。「でもやっぱり今は不景気で。少しでもお金になるなら、引き受けちゃうみたいですよ」

「ご苦労さまだね」

と、尾田は微笑んだ。

グチになりそうなことを言っても、明るい笑顔は変らない。――尾田はその可愛らしさに胸が痛くなった。

どうしたんだ、俺は？　十代のガキじゃあるまいし。

「尾田さん、まだ仕事なんですか？」

と、涼子が訊いた。

「うん。たいていは二時か三時だな」

「夜中の？　凄い！　よく体、もちますね」

「慣れてるよ」

「ご苦労さまです。じゃ、お先に失礼します」

と、涼子は会釈して、ビルの奥の方へと入って行った。

もう正面の出入口は閉っていて、裏の通用口からしか出られない。

尾田はその場に少し立ったままだったが――。突然、

「香川君！」

と、大声で呼んで駆け出した。

涼子は通用口の少し手前で足を止めていた。

「何ですか？　びっくりした！」

「いや、すまん」

と、尾田は息を弾ませ、「君、晩飯は家で食べるの？」

「私、一人暮しですから。アパートの近くのコンビニでお弁当買って帰ります」

「そんなものばっかり食べてちゃ、体に悪い！　待っててくれ。おいしい店に連れてってあげる」

「でも……。お仕事中でしょ？」

「休憩はあるんだ。それに、僕はチーフだから、若い連中の仕事を見るだけだ」

「だけど——尾田さんの行かれるような高いお店……」

「君に払わせると思ってるのか？　いい店がある。ワインも旨いんだ」

「でも、尾田さんにおごっていただく理由がありません」

「理由なんかなくても、おごったっていいだろ」

「それはそうですけど……」

「妙な下心はない！　いいだろ？」

涼子はちょっと目を見開いて尾田を眺めていたが、やがてちょっと笑って、

「尾田さん、おかしい」

「何が？」

「初めっから、『下心がある』なんて言う人、いませんよ」

「——そうか」

尾田も笑って、「でも僕のは本当だ」

「じゃあ……ごちそうになります」

と、涼子はちょっと頭を下げた。

「うん！　すぐ仕度して来る。待っててくれ」

と、尾田が行きかけると、

「あの、ちょっと！」

「何だい？」

「ワイン、どうでもいいです」

「え？」

「私、未成年です。十八ですから」

「——あ、そうか」

と、尾田は肯いて、「じゃ——デザートの沢山出る店は？」

「行きたい！」

涼子が満面の笑みを浮べた。

また尾田の胸はしめつけられるように痛んだ……。

「引き上げるか」

と、片山はため息をついて言った。

「可哀そうなことをしましたね」

と、石津が言った。

村井が車にひかれて死んだホテルの駐車場へ、石津も駆けつけていたのである。

「殺されたのか、事故なのか、判断は難しいな」

「でも、偶然にしては……」

と、晴美が言った。

「もちろん、俺もそう思う。だけど、殺人だという証拠もなしに、今日このホテルに車を駐(と)めた客を全員調べるなんて、とても無理だ」

「それもそうね」

今日ここで開かれたパーティは分っても、どれも企業主催のもので、もちろん客は色々な会社から出席していて、大変な数である。それにこの状況で、パーティの主催者に、

「出席者のリストを」

と、要求することはとてもできない。

「ホームズ、静かにしててね」

と、晴美がショルダーバッグの口を開けると、ホームズがヒョイと中へ入る。

「ああ、重たい」

「ニャー……」

「ホームズは居心地がいいらしいぞ」

「そりゃそうでしょうけど」

片山たちはホテルから出ると、

「——遅いけど、何か飲んでくか」

「コーヒーぐらいなら」

「夜食ぐらいでしたら」

と、石津が言った。

「ホテルじゃ高い。そこのファミレスに入ろう」

ホテルの斜め前に、ファミレスが〈24時間営業〉で明るく目立っている。

店に入ると、カラフルなメニューが来て、

「見てる内にお腹空いて来ちゃった」

と、晴美が言った。「何か食べよう」

そう言われると、片山もコーヒー一杯というわけにいかず、

「もともと空いてます！」

という石津はもちろん、結局三人とも食事することになった。

「太っちゃう」

と言いながら、「デザートはパフェね」

と、メニューを眺める晴美だったが……。

そこへ、

「まあ、義太郎ちゃん！」

レストラン中に響き渡る声がした。

「叔母さん！　何してるんですか？」

児島光枝がやって来たのである。

「義太郎ちゃんこそ。まさか安西むつみさんと喧嘩別れして来たんじゃないでしょうね」

「違いますよ！　ちゃんと食事して、送って来ました」

「その間に何かなかったの？」

「叔母さん。今日見合したばっかりですよ」

「まあそうね。でも、のんびりしてると、他のハゲタカにさらわれるわよ」

「僕はそこのホテルで事件があって、来たんです。叔母さんは？」

「私、パーティに出てたの」

そう言われると、児島光枝はいつになくお洒落している。

「そのホテルで？」

「ええ。本当は出る予定じゃなかったんだけど、仲のいい奥さんが、『ご飯、タダで食べられるわよ』って誘ってくれてね。急遽出ることになったの」

「で――今までホテルに？」

「いえ。二時間前に出たんだけど、その奥さんと、『ちょっとおしゃべりして行きましょうよ』って言われて、ここへ入って……」

光枝は少し離れたテーブルの方へ手を振った。同年輩の女性がニコニコして手を振り返す。

「偶然ね」

と、晴美は言った。「私たち、これから食事」

「ごゆっくり。――事件って、何があったの？」

光枝としては、知らずに片山たちと別れたくないのだろう。

「地下の駐車場で、人がひかれて死んだんです。ちょっと知ってる男だったんで」

と、片山が言うと、

「あら。まあ」

と、光枝は眉をひそめて、「気の毒なことね」

「そうなんですよ。気のいい男で……」

「じゃ、あの人、亡くなったのね。気の毒に。——それじゃ、義太郎ちゃん」

と、光枝が行きかける。

「叔母さん！」

と、晴美が呼び止めて、「今の、どういう意味？」

「え？　何のこと？」

「今、『あの人、亡くなったのね』って言ったでしょ」

「ええ」

「ひかれた人を知ってたの？」

「まさか。ただ、ひかれたのを見てたから」

片山は一瞬啞然（あぜん）として、

「叔母さん！　——ちょっと座って」

「私の席はあっちよ」

「分ってます！　今、『ひかれたのを見てた』って言ったんですか？」

「ええ。あのお友だちと二人でね。もちろん他にも人がいたし、ホテルの人がすぐ駆けつけて来てたけど」

そこへ、光枝の連れの女性が席を立ってやって来た。

「あなた、何を落ちついちゃってるの？」

「そうじゃないのよ。ほら、さっき駐車場で誰かひかれたじゃない」

「あれがどうかしたの？」

「すみません」

と、片山は言った。「お二人は村井がひかれるところをご覧になったんですか？」

「村井って誰？」

「車にひかれた男です」

「ああ、そうなの。名前までは聞かなかったわね」

と、光枝は言った。「あ、この人ね、お友だちの園井しのぶさん。ご主人は有名なお医者様なのよ」

「いいえ、有名だなんて――。ちょっと知られてるだけよ」

「片山です。妹の晴美と、石津刑事」

「ニャー」

「それとホームズです」

と、片山は一応紹介した。「それで――」

「まあ、これが有名なホームズさん？　光枝さんからいつもお話を伺ってて、ぜひお目にかかりたかったの」

と、園井しのぶは大喜びしている。

「それはどうも。それで、村井のことですが……」

「それって誰？　あ、そうか。ひかれた人ね。気の毒に」

「車にひかれるところを見たんですか？」

と、片山は言った。

「ええ。でも少し離れてたし。他の車が間にいたから、そんなによく見えたわけじゃ――」

「ひいた車を見ましたか？」

「見たっていえば見たけど……」

「どんな車でした？　色とか、型とか。大体のところでいいんです」

「そうねえ……」

と、光枝は考え込んで、「黒い車だったような……。でも、あそこはちょっと暗いしね。それに、私は車、乗らないから、あれが何て車かとか訊かれても、ただ車だった、としか言えないわ。――しのぶさんは？」

「私も、いつも主人の運転する車に乗ってるだけだから……」

「でもお宅はベンツですものね！」

「あれは買物用。主人はフィアットに乗ってるわ」

「じゃ、車についてのご記憶はあまり……」

「ええ、よく分らないわ」

「そうですか」

片山はがっかりした。

「でも、人をひくなんて、車を運転してる方もいやでしょうね」

と、しのぶは言った。

「それはそうですね」

と、晴美が肯く。

しのぶは、ちょっと首をかしげて、

「あそこはいつも奥様が運転なさってるのよね」

と言った。

片山は目をパチクリさせて、

「『あそこ』とは？」

「冴島さんのお宅。ご主人が運転してるところは見たことないわ」

「冴島さんというのは……」

「だから、あの人をひいた車。——車の種類とかは分らないけど、確か冴島さんの車だったわ」

片山たちはしばし言葉がなかった……。

8 嫉妬

亜由は目を覚ますと、しばらくぼんやりした視界のまま、まだ自分が眠ってるのかしら、と思っていた。

え？ ――どこ、ここ？

目に入る天井は、どう見ても自分の部屋ではなかった。といって、会社の会議室でもなさそうだ。

ピントが合うと、部屋の中は暗かったが、それでもすぐにどこなのか分った。

「私……」

小出弘一と寝てしまったのだ！

狭苦しいベッドに起き上る。――弘一はいなかった。

やっと、ゆうべのことをはっきり思いだした。――そうだった。

ここは弘一の部屋だ。パソコンと椅子が目に入る。

何時かしら？　ベッドを出て、脱ぎ捨ててあった服を身につけると、亜由は自分のバッグからケータイを取り出した。

「え！」

愕然（がくぜん）とした。もう昼の十二時を過ぎている！

「参ったな……」

これから出社したら、尾田に何と言われるか……。でも、ケータイに一度も着信やメールが来ていないのがふしぎだった。

亜由は、同じチームの同年輩の子にケータイでかけた。

「あ、さくらちゃん？　ごめん！　寝坊しちゃってさ」

「大丈夫よ。尾田さんもまだ来てない」

「え？　じゃ、ゆうべ遅かったの？」

「それがさ、尾田さん、女の子と出かけて、戻らなかったの」

「女の子？」

「ソワソワしちゃってさ。尾田さんも人間だったんだって、みんなで言ってた」

「じゃ、それきり？」

「うん。だから心配ないよ」

「ありがとう。午後からは行く」

亜由は通話を切って、ちょっと拍子抜けの気分だった。

でも、尾田さんが女の子と外泊？

それは亜由にとって驚きだった。いや、果して本当にそうだったのかどうか。

「女の子と出かけた」といっても、みんな、その「女の子」を見たのだろうか？

出社したら、よく確かめてみよう。

そのとき、ドアの外から、

「亜由さん、起きてる？」

と、弘一の声がした。

「あ——。ええ、起きてるわ！」

つい大声で答えてしまう。

ドアが開くと、ゆうべ少しオレンジ色に染めた髪の弘一が、別人のように明るい表情で現われる。

「おはよう」

と、弘一が言った。

「おはよう。でも、もうお昼ね」

何となく、目が合うのが恥ずかしく、亜由はちょっと目をそらして、バッグの中を、意味もなくかき回した。

「何か食べるでしょ？　ハムと卵で、オムレツこしらえたんだ」

「まあ、弘一君が？」

「うまくできたかどうか分んないけど、食べてくれる？」

「もちろんよ！　行きましょ」

亜由は弘一の腕を取った。

きちんと皿が並んで、オムレツはおいしそうに湯気を立てていた。トーストとコーヒーの香ばしい香り……。

「凄いわ、弘一君！　みごとね。私だってこんなにやれないわ」

と、亜由は本当に感嘆の声を上げた。

「ともかく食べてみてよ」

弘一は嬉しそうだった。

「いただきます！」

オムレツは少し味付けが薄かったものの、充分に食べられた。亜由は、自分でも呆れるくらいに、ペロリと平らげてしまった……。

「ごちそうさま！　おいしかった！」

「良かった。——お皿も洗うよ」

「ちょっと！　それじゃ私の立場がないわ。せめて皿洗いぐらいさせて」

と、亜由は言った。

「じゃ、二人で洗おう」

「いいわ」

亜由はコーヒーを飲み干した。——片付けたら、会社へ行かなくては。

「今日はどこへ行くの？」

と、弘一が訊いた。

「え？」

亜由がちょっと戸惑っていると、

「僕の着る物、買おうって言ったじゃない、ゆうべ」

——そうだった！　亜由は忘れていたのだ。

「ね、お皿洗ったら出かけようよ」

弘一は、まるで子供のようにワクワクしている。——亜由は迷ったが、ずっと家に閉じこもっていた弘一が、自分から「出かけよう」と言い出すのは大変なことだ。

そう。仕事は、今夜頑張ればいい。

「ええ」

亜由は肯いて、「じゃ、原宿辺りに出かけてみましょうか」

と、笑顔で言った。

「うん！」

アッという間に、皿やコーヒーカップを洗ってしまうと、弘一は、

「すぐ仕度してくる！」

と言って、二階へ駆け上った。

「ええと……。やっぱりコートぐらいいるよな……」

外出するための服はあまりない。選ぶほどでもなかったが、弘一はともかく一応「見られる」格好になって、鏡を満足げに眺めた。

ゆうべ……。自分でも信じられなかった。

本物の亜由と肌を合せて、愛し合った。そんなこと、できっこないと思っていたのに……。

亜由が励まして、うまくリードしてくれたのだが、それでも弘一は幸福だった。そして、自分も亜由を「幸福にした」という自負が、弘一をすっかり変えてしまった……。

「さ、行くぞ」

と、部屋を出ようとしたとき、

「弘一さん」

と呼ぶ声で足を止めた。

「あゆ……」

パソコンの画面に、あゆの姿があった。点けっ放しにしていたんだ。

「弘一さん」

画面の「あゆ」は、小首をかしげて、でも少し寂しそうだった。「ちっとも話しかけてくれないのね……」

「ごめんよ、あゆ」

弘一はパソコンの前に座った。「僕、これから出かけるんだ」

「あゆのこと、嫌いになったの？」

と、描かれた少女は上目づかいに弘一を見ていた。

「ごめん。切るよ」

「他に好きな人ができたの？　そうなのね？」

あゆの言葉にドキッとした。まるで本当の「彼女」みたいだ。

「亜由を待たせてるんだ。じゃあ、またね」

弘一は電源を落とした。——画面が消える。

何だか、本当の女の子を振ったみたいな気がして、弘一はちょっと胸が痛んだが、

「行かなきゃ！」

と、急いで部屋を出ると、階段を駆け下りた。「ごめん、待たせて！」

——弘一の部屋は薄暗く、静かだった。

玄関から、弘一と亜由が出て行くと、家の中がひっそりと静まり返る。そして……。

パッとパソコンの画面が明るくなった。

「——弘一さん」

と、あゆが言った。「お願い。返事して、弘一さん」

部屋の中に、あゆの声だけが聞こえていた……。


そろそろ一郎が帰って来る時間だ。

尾田英子は、今日買物に行く日だったかしら、と考えていた。

冷蔵庫を開け、中に入っている物をチェックする。

「う－ん……。やっぱり行った方がいいかしら」

行けば、あれこれ欲しくなるだろう。

スーパーは今ちょうど空いている時間だ。

「——あら」

ケータイが鳴って、英子は出た。

「英子か」

「あなた。どうしたの？」

「いや……ゆうべ帰れなかったんでな」

「分ってるわ、それぐらい」

と、英子は笑って、「いつものことじゃないの」

「うん……。まあな」

と、尾田は言った。「一郎は帰ったのか」

「まだよ。そろそろ帰って来るでしょ」

と、英子は言った。「今夜は帰って来るの？」

「ああ、たぶん。——いや、ちゃんと帰るよ」

「珍しいこと。当てにしないで待ってるわ」

「うん、それじゃ……」

「はい。気を付けて」

通話を切って、英子は肩をすくめた。

「何よ、急に」

英子は、夫が〈チームリーダー〉というポストで、連日遅いのに慣れている。

会社に泊り込んだり、近くのビジネスホテルに泊ったりすることも珍しくないのだ。

一郎ももう七歳。パパがいないことにも慣れっこで、この前なんか、週末に珍しく尾田が家にいて、顔を合せると、どこで憶えたのか、

「パパ、ごぶさたしてます」

とやって、尾田を愕然とさせた……。

「今から行けば……」

スーパーで手早く買物を済ませれば、一郎が帰る前に戻って来れるだろう。

英子は手早く仕度して、家を出た。英子は小型の車を自分一人で使っている。

スーパーまで数分。もう少し遠くへ行くと、もっと大きくて安いスーパーがあるが、今は早く戻ることが大切だ。

必要な物を買って、英子は駐車場へ戻った。

早く戻らなきゃ。——英子は車を出した。

ところが、どこかの車が事故を起こし、パトカーが来て、道が片側交互通行になっていた

のである。

苛々したが仕方ない。

「こんな時に限って……」

いつもと違うことが起る。

そう。——夫がわざわざ電話して来たり、とか……。

そのとき、英子の顔から血の気がひいた。

「——まさか」

夫が、どうして電話して来たのか、やっと思い当ったのだ。


涼子はまだ眠っていた。

尾田は、ソファに座って、じっと涼子の寝顔を眺めていた。

後悔していなかったと言えば嘘になる。

しかし、一方で尾田はあまりに自然にこうなったことを考えていた。

特別酔っていたわけではない。食事しながらワインは飲んだが、泥酔して、目を覚ましたらなぜか女がベッドの中に——という状況ではなかった。

強いて言いわけすれば、香川涼子が少しも拒んだりためらったりしなかったから、と言っていいかもしれない。

食事の後、尾田は口説いたわけでも、甘い言葉を囁いたわけでもなかった。一緒にタクシーに乗り、このホテルへやって来て、部屋を取り……。尾田は何も言わなかった。でも、涼子は黙ってついて来たのだ。

そして……。

尾田はため息をついて、

「何てことだ……」

と呟いた。

自分がこんなことをする人間だとは思ってもみなかった。英子と、別に冷たい関係だったわけでもないのに……。

しかし、ともかく十八歳の涼子の若々しい体に我を忘れたのだ。それは認めざるを得なかった……。

「――どうしたの？」

ハッと顔を上げると、涼子がベッドで微笑んでいる。

「起きたのか」

「ああ……よく寝た！」

涼子は伸びをした。「あ、もうこんな時間！」

「仕事に遅れる？」

「大丈夫。今日、休み取ってた」

と、涼子は言った。

「そうか」

「ねえ」

「うん？」

「さっき電話してた？　ぼんやり聞こえてたみたいだったけど」

「ああ……。ちょっと家にね」

「奥さんに？」

「うん」

涼子はちょっと首をかしげると、

「よく、尾田さんって会社に泊ったりするんでしょ？」

と訊いた。

「まあ……忙しい時はね」

「そういうとき、奥さんに電話してる？」

「いや……。分ってるからな、女房も」

「だったら、電話しちゃだめよ。いつもと同じにしとかないと。どうして今日に限って電話して来たのかって思うわ、奥さん」

そう言われると、尾田も「そうだった」と思うしかない。

「つい、気が咎めて」

「真面目なんだから！」

と、涼子は笑って、「うまい言いわけ、考えとくのよ。私は黙ってるけど」

尾田は苦笑して、

「君はずいぶん落ちついてるな。こういう状況、慣れてるの？」

「あ、ひどい！　私がまるで『魔性の女』みたい」

「いや、そういうわけじゃないが……」

「私はね、ただ好きな人と寝てるだけ。その人が独身だろうが、孫がいようが関係ない」

「なるほど」

その割り切り方は、尾田にはとても真似できないものだった。

「でも、尾田さんって、凄く相性がいいみたい」

と、涼子は起き上って、「こんなにぴったり来る人って、初めてかもしれない」

尾田は涼子がベッドに起き上るのを見て、ドキッとした。若々しい肌を明るい中で見たからだ。

「君……。ちょっと何かはおって……」

と、ソファに放り投げてあったバスローブをつかんで涼子へ渡した。

「照れてるの？　可愛い！」

「よせよ、大人をからかって」

「私だって大人よ。でなきゃ、尾田さん、捕まっちゃうわ」

涼子はバスローブで胸を隠すと、「私、尾田さんを奥さんから奪っちゃおうかな」

尾田は言葉を失って、涼子の無邪気とも言える笑顔を眺めていた。

9 盗難

「どうもお待たせして」

見るからに自信たっぷり、という印象の男である。

「冴島五郎さんですね」

と、片山は言った。

「ええ。それで、車は見付かったんですか」

冴島の言葉に、片山と石津はちょっと顔を見合せた。

「見付かったか、とおっしゃるのは……」

「その件でいらしたんじゃないんですか？　てっきり私は……」

冴島五郎は都内でも屈指の私立総合病院の院長である。五十二歳。まだ若々しく、エネルギッシュだ。

片山たちが朝一番で訪れた自宅は、モダンな三階建だった。

「すると何のご用で？」

と、冴島は言った。

片山はホテルの駐車場で村井がひかれたことを話し、

「――それがお宅の車らしかったという方があったものですから、一応その車を拝見しようと思いまして」

と言った。

「人をひいた？」

冴島は微笑んで、「それはその方の見間違えでしょう。いくら何でも、人をひけば分りますし、もし誰かを傷つけたのなら、私は医者です。放ってはおきません」

「そうですか。――ホテルにはおいでになりましたね」

「ええ、確かに」

「運転は奥様が？」

「そうです。私はパーティで酒を飲みたいので、帰りはたいてい家内が」

「そうですか。しかし、一応車を拝見したいのですが」

「そうですか。しかし、残念ですが車はありません」

「といいますと？」

「ゆうべ盗まれてしまいました」

片山は一瞬絶句した。

ドアが開いて、お手伝いらしい若い娘が入って来た。ワゴンに載せたコーヒーを片山たちへ出して、クッキーの皿を置く。

「小夜子、家内を呼んでくれ」

と、冴島が言った。

「かしこまりました」

小夜子と呼ばれた娘が居間を出て行く。

すぐに、スラリとした四十前後と見える女性がやって来た。

「ああ、それが妙なことになってるんだ。——妻の真弓です」

「あなた、車のこと？」

夫人は冴島の話を聞くと、

「私が人をひいた？　とんでもない！　どなたがそんなことを？」

片山はそれには答えず、

「車を盗まれたというのは……」

「ゆうべ、パーティから帰って、この家の門を開けようとしたんです」

と、冴島が言った。「ところが、リモコンの調子が悪くて、門が開かない。それで仕方なく一旦降りました。家内は門の脇の通用口を鍵で開けて中へ入り、家の中で操作して門を開けようとしましたが……」

「めったに扱わないもので、どこをどうしたら門を開けられるのか分らなくて」

と、真弓は言った。「仕方ないので、主人のケータイへ電話しました」

「それで私が家の中へ入り、パネルを操作して門を開けたんです。車を中へ入れようと思って、戻ってみると、車が消えていました」

冴島は首を振って、「ほんの少しの間だと思って、キーを差し込んだままにしておいたんです。誰かがわずかな隙に、車に乗って逃げてしまったんです」

「そうですか……」

「車の中には、私の毛皮のショールがあったんですよ」

と、真弓は眉をひそめて、「買えば二百万はする品です」

「とりあえず、早い方がいいと思って、警察に盗難届を出しました」

と、冴島は言った。

「早く見つけて下さい！　あのショール、気に入ってたのに……」

真弓は口を尖らして言った……。

「私、もう会社に行かなきゃ」

と、亜由は言った。「クビになっちゃうわ」

「あ、そうだね」

小出弘一は、すっかり別人のようなファッションになっていた。

手にさげた紙袋には、今まで着ていた物が入っていた。

「弘一君、とっても素敵よ」

と、亜由は言った。

「亜由さんのセンスだよ」

と言いながら、弘一は嬉しそうだ。

亜由はホッとしていた。――もう二時間以上、弘一に付合って、買物をしていた。

仕事に行くと言ったら、弘一がどうするか、少し不安だったのである。

「弘一君、一人でタクシーで帰れるわね」

「うん。もちろんだよ」

「じゃ、私はこのまま会社へ行くわ」

「そう。――夕飯には来るでしょ？」

弘一の問いに、亜由はちょっと詰った。

「そうね……」

亜由は少し迷って、「ちょっと分らないわ。会社に行ってみないと。仕事の様子で」と言った。

「でも、僕、ちゃんと考えてるんだ、今夜のメニュー」

と、弘一は言った。「きっと喜んでくれると思うよ」

「そう。そうね。できるだけ――行くようにするわ。会社へ行ってみて連絡するから。ね？」

「うん……」

弘一の顔から笑みが消えた。「亜由さんは忙しいからね。そうだね」

「ええ。分ってね。他の人たちに迷惑かけちゃいけないし」

亜由の「迷惑」という言葉に、弘一の表情はこわばった。

「亜由さん、迷惑なの？　僕がいちゃ迷惑？」

「そうじゃないわ。弘一君のこと言ったわけじゃないのよ」

と、亜由は急いで言った。「同じ仕事をしてる人たちのことよ。私がいないと、その人たちが困るかもしれないでしょ？　分るわよね」

「その人たちの方が、僕より大事なんだね」

弘一の目に、また暗い光が見えていた。

「そんなわけないでしょ！　ゆうべ、私と何をしたか考えて。あなたのことを大事に思ってなかったら、あんなこと、する？」

亜由の言葉に、弘一は少し安心した様子だった。

「それなら、ご飯食べに来てよ」

亜由は、それ以上言い張ることができなかった。

「――分ったわ」

「来てくれるんだね」

と、弘一はやっと笑顔になった。

「ええ、行くわ」

仕方ない。食事の時間だけ抜けて、また社に戻ればいい。

「タクシー、拾いましょうね」

亜由は、空車を停めると、弘一を乗せて、家へ帰らせた。

弘一がいなくなると、亜由は息をついて、

「仕事だわ」

と、足早に歩き出した。

「確かに、ゆうべの内に盗難届が出てますね」

と、石津が言った。

「怪しいな」

と、片山は苦々しげに、「車を始末しようとしたんじゃないかな」

「そうですね。調べられないように」

しかし、冴島夫妻の話を、嘘と決めつけることもできない。

「まず車を見付けることだ」

と、片山は言った。「目撃した人がいないか、あの近所を当ってみよう」

「はい」

村井を、たとえば冴島の車にわざとひかせた人間がいたとしたら……。

片山たちが追うべきはその人間の方だ。

「石津、お前、一人で聞き込みに回ってくれるか」

「いいですよ。片山さんは？」

「あのビルに入っている会社を一つ一つ当ってみる」

と、片山は言った。

「足、疲れそうですね」

「しょうがないだろ」

「エレベーターがありますからね」

石津が妙な慰め方をした。


「院長」

と、呼び止められて、冴島五郎は振り向いた。

「どうした？」

病院の事務長の内山がいつもながら汗を拭き拭きやって来る。

太っているので、真冬でもたいてい汗をかいている。

「先日のパソコンの導入の件ですが」

「ああ。君に任せる。俺はそんなこと分らんよ」

と、冴島は言った。

「そうですか。では業者を集めて――」

「いいようにやってくれ。決ったら知らせてくれればいい」

「分りました」

行きかけた冴島へ、

「あの、院長。――事務の千葉君が、今日外出してるんですが」

「千葉君？」

「千葉志帆です。何だか院長のご用だとか言ってましたが……」

「ああ、彼女か。うん、ちょっと面倒な手続きがあってな。あの子は弁護士の所にいて詳しいと言ってたから頼んだ。経費は適当に出してやってくれ」

「そうですか。じゃ、そのように」

「うん、頼むよ」

冴島は院長室へ入ると、ソファに身を沈めて、大きく息を吐いた。

ケータイが鳴る。

「――冴島だ」

「千葉です」

と、明るい女性の声がした。

「ご苦労さん。どうなった？」

「だいたい話がつきました。もう少し値段のことで交渉してみます」

「金のことはどうでもいい」

と、冴島は言った。「ともかく早く始末したいんだ」

「分っています。ただ、こっちに弱味があると見たら、向うはつけ込んで来ます。事情を探って、脅迫して来ないとも限りません」

そう言われてハッとする。

「君の言う通りだな。――分った。任せる」

「ええ、ご心配なく。こづかい欲しさに私が盗んだと言ってありますし、今のところ向うもそう信じていると思います」

「よろしく頼むよ」

「はい。今日中には話をつけます」

と、千葉志帆は言った。

「すまないね。充分に礼はするから」

「院長先生のお役に立てば、私は充分です」

「いや、そういうわけにはいかないよ」

「じゃ、うまく片付きましたら、フランス料理でもおごって下さい」

「ああ、お安いご用だ」

冴島は微笑んだ。

「またご連絡します。メールで、ただ『手続終わりました』とだけ送りますので、返信は不要です」

「ありがとう」

通話が切れて、冴島はホッとした。

秘書に、

「コーヒーを持って来てくれ」

と言っておいて、やっと少し安堵する。

――あのとき、冴島は大分酔っていて、車に乗るなり眠ってしまった。運転はいつもの通り、妻の真弓に任せていた……。

目を覚ますと、車は見たこともない暗い道で停っていた。道に迷ったのかと思ったが、真弓は真青になって震えていたのだ。

人をひいた。あのホテルの駐車場で。そう聞いて、呆然とした。

車の様子を見て、目立った痕跡はないと分ったので、冴島は何とかして隠し通そうと決めた。自首することなど、真弓に耐えられるはずがない。

ともかく、冴島は自分が運転して自宅に戻った。――車を警察が調べたら、ごまかすことはできないだろう。

ふと思い付いたのが、千葉志帆のことだった……。

志帆は夜中にやって来て話を聞くと、

「車を盗まれたことにしましょう」

と、即座に言った。「私が始末します」

「どうやって?」

「車を盗んで、バラバラにして売り捌く(さば)グループがいます。バラバラの部品になってしまえば、追跡しようがありませんから」

冴島は志帆に任せることにして、車のキーを渡した……。

「先生はすぐに盗難届を出して下さい」

と、志帆は言った。

「いいのか?」

「すぐ出さないと怪しまれます。いいですね」

「分った」

冴島は、少しためらって、「しかし――君はせっかく昔の仲間と縁が切れたというのに、また……」

「いずれ、私がどこで何をしてるか、突き止めますよ」

と、志帆は言った。「奥さんは大丈夫ですか？」

「寝ているよ。薬を飲んでいるから、目を覚ますことはない」

「そうですか。大事にしてあげて下さい」

「うん……」

——志帆は、不良仲間とクスリをやっていて、発作を起こし、冴島の病院へかつぎ込まれた。

治療して、何とか助かったのだが、冴島は、

「今度やったら死ぬぞ」

と叱りつけた。

志帆にとっては、そうして怒鳴ってくれる人と、初めて出会ったのである。

志帆は冴島を慕うようになり、そのまま病院の事務室に勤めることになった……。

このまま、うまく片付いてくれるといいが……。冴島は机の上の書類を見ていたが、一向に頭に入って来なかった。

ノックの音がして、ドアが開くと、秘書が顔を出し、

「院長先生、奥様が——」

驚く間もなく、妻の真弓が入って来た。

「どうしたんだ」

「じっとしていられなくて」

「お前は――」

と言いかけて、秘書へ、「家内にもコーヒーを」

ドアが閉ると、

「家でおとなしくしてろと言っただろう」

と、冴島は言った。「俺に任せておけばいいんだ」

「でも、安心できないわ。あの子は？」

「千葉君か？　ついさっき電話があった。うまく話を進めてるそうだ」

「そう……」

「心配しなくていい。やたら出歩くと、却って目をつけられるぞ。あの刑事は当然怪しんでるだろう」

「車さえなければ大丈夫、って言ったじゃないの、あなた」

「だから今、千葉君が努力してくれてる」

「あなた……」

と、真弓は言いかけてためらった。

「何だ？」

「あの子を信じて大丈夫なの？」

冴島は一瞬言葉がなかった。

秘書がコーヒーを二つ運んで来る。

秘書が出て行くと、

「お前、千葉君を疑ってるのか」

「だって、以前のことを考えたら……」

冴島はため息をついて、

「確かに、あの子は悪い仲間にいて、クスリもやってた。しかし今は真面目な事務員だ。心配することはない」

と言った。

「でも、あの子にしてみれば、私たちの弱味を握ったのよ。この先、私たちをゆすって来ないとも限らないわ」

冴島は呆れて、

「そんなことはない。大丈夫だ」

「でも、――」

「信用しろ。心配いらない」

と、コーヒーを飲む。

真弓は苛立(いらだ)った表情のまま、自分もコーヒーを一口飲んで、

「いいわ。今回のことは仕方ない。――落ちついたら、あの子をクビにして」

と言った。

「何だって？」

「そばにいられたら、私がいやだわ。分るでしょ？」

「お前――」

冴島は言いかけて、「まあいい。俺に任せろ」

「約束して」

と、真弓は念を押した。

「しつこいぞ」

「ちゃんとあの子を厄介払いするまで安心はできないわ。いいわね」

冴島は口を開きかけてやめた。そして、コーヒーをゆっくり飲むと、

「分った。約束する」

と言った。

「そう」

と、真弓はホッと息をついて、「じゃ、帰るわ」

「ああ……」

現金なもので、夫が自分の頼みを聞いてくれたとなると、真弓は気が楽になった様子で院長室を出て行った。

冴島は、妻のコーヒーカップをしばらく眺めていたが……。

ケータイの着信音が鳴った。メールだ。

冴島が見ると、千葉志帆からで、〈手続、無事終了しました〉とだけあった。

冴島は志帆のケータイへ電話した。

「――はい」

「ご苦労さん。大変だったろう」

「大丈夫です。ご心配いりません」

と、志帆は言った。「お車が部品一つ一つにバラバラにされるのも見届けました」

「そうか。じゃ安心だな」

「はい、代金は明日にでもお持ちします」

「いや、それは君が取っとけ。当然のことだ」

「そんなことできません！　それじゃ本当に車を盗んだことになります」

「気が進まなければ、後で別に謝礼を払うよ」

「いつもお給料をいただいていますから」

「欲がないな、君は」

と、冴島は笑った。「じゃ、約束のフランス料理をおごろう」

「ありがとうございます！」

「今夜はどうだ？」

「今夜ですか……。私は予定ありませんけど」

「じゃ、空けといてくれ。仕事が済んだら、このケータイにかけてくれるか」

「分りました。あの、院長先生……」

「何だ？」

「フランス料理って、おはしで食べられます？」

冴島は笑った。

真弓が、志帆をクビにしろと言ったとき、初めて冴島は志帆のことを「女」として意識したのである。

そして、志帆の言葉に笑ったとき、冴島は決心していた。——志帆を自分のものにしようと。

10 欄外へ

いくらエレベーターがあるといっても……。

片山は十階分の会社を一つ一つ訪ねて回り、殺された小出雪子と係りがなかったか、当ってみた。

いい加減くたびれて、エレベーターを待っていると、扉が開いて、

「あ……」

「片山さん！」

見合相手の受付嬢、安西むつみが乗っていたのである。「いらしてたんですね」

「受付にいました？」

「外出していて、戻って来たんです」

「そうですか」

「片山さん、上に？」

「ちょっとくたびれて、上でコーヒーでも飲もうかと」

「じゃ、ご一緒しましょ！　私、サンドイッチを食べるつもりで」

思いがけない出会いは、心を浮き立たせる。むつみは嬉しそうに片山と腕を組んだ。

片山は少々照れたが、そのままにしていた。

ティーラウンジで、窓際の席につくと、

「すみませんね」

と、片山は言った。

「何のことですの？」

「いや、見合しといて、連絡もせずに」

「お仕事ですもの。──でも、嬉しいわ。こうして出会えて」

「はあ……。じゃ、僕もサンドイッチをもらいましょう」

「──何か手掛りが？」

と、オーダーを済ませて、むつみが訊いた。

「一向に。殺された小出雪子さんが、このビルのどこに用があったのか……」

と言いかけて、「──待てよ」

「どうしました？」

「いや、会社とは限らないな、と思って。このティーラウンジに用があってもふしぎじゃないでしょう」

片山はそう思い付いたのである。

片山はウエイトレスを呼ぶと、

「ちょっと訊きたいんだけどね」

と、身をのり出した。

ちょっとぼんやりした感じのウエイトレスは片山の話を聞くと、

「毛皮のコートの女の人、ですか?」

と、目を見開いて、「そんな人、見たことないです。大体、ここ六時までしか開いてないし」

「そうか。――いや、いいんだ。ごめん」

と、片山が言うと、ウエイトレスは戻りかけて、

「――でも、夜でも何かパーティみたいなことがあると、開けることもあります」

と言った。

「パーティ? ここで?」

「ここでやることも、下のフロアでやって、飲物と簡単な料理を運ぶこともあるみたいです。

私、バイトなんで夜まで残ることないですけど」

「なるほど」

「涼子さんなら分るかも」

「涼子さん?」

「ここで働いてて、私より若いけど、凄くしっかりしてるんです。今日はお休みなんですけど」

「明日は——」

「ええ、来ると思います。香川涼子さんです」

「ありがとう」

片山はメモを取った。

「——どんなことでもメモするんですね」

と、安西むつみが言った。

「ああ……。くせみたいなもんですね。それに、どうってことのない小さな手掛りから事件が解決することもありますからね」

「地道なお仕事ですね。TVのドラマみたいにはいかないって本当ですね」

「忙しくて、休みが取れなくて、給料が安いってところはドラマの通りですけどね」

と、片山は言ってから、「こんなこと、お見合した相手に言うことじゃないですね」

大真面目な片山に、むつみは笑ってしまった。

「ごめんなさい！」

「いや、ちっとも……」

片山は、照れたように言って、今メモした〈香川涼子〉という名前を見ていたが、「——ね、君」

と、さっきのウエイトレスをもう一度呼んだ。

「何ですか？」

「できたら、この香川さんって人に、今話を聞きたいんだけど、連絡先、分る？」

「あ……。そうですか」

と、迷っている。

「ケータイの番号、知ってるのね」

と、むつみが言った。「でも、刑事さんに教えていいか、考えてる」

どうやら図星だったらしい。片山は、

「それなら、君のケータイでかけてみてくれないか。その人が出たら、替ってくれればいい」

「分りました」

と、ウエイトレスは自分のケータイを取って来ると、発信ボタンを押した。

少し待って、

「出ないみたい――。あ、もしもし？　涼子さんですか。――すみません、お休みなのに」

事情を説明すると、片山へケータイを差し出した。「出てます」

「ありがとう。――もしもし、片山という者ですが……」

「あ、憶えてます」

「え？」

「尾田さんと話してた方ですよね」

天宮亜由の上司の尾田のことだ。

「そう。よく憶えてるね」

「人の顔はよく憶えるんです、私」

と、香川涼子は言った。「あのときの話、何となく聞こえてました。あの件なんですか？」

「そう。今、ここのウエイトレスさんから聞いたんだけど――」

片山の話に、涼子は少し考えているようだったが、

「確かに、ずいぶん遅い時間にコーヒーや軽食を出したこともあります」

と言った。

「どこの会社か分るかい？　いくつかある？」

「そうですね。あれだけ入ってると、二つや三つは、夜中に働いてて当り前って所もあります」

「名前、分る？」

「今はちょっと……。何ならこれからそっちへ行きます」

「でも休みなんだろう？」

「どうせ、することないんで。仕度に手間取りますから、四十分くらいみておいて下さい」

と、涼子は言った。


まだ少し早いか。

小出弘一は、家へ帰って来ると、二階へ上った。

夕食の用意――といったって、大したことをするわけではないが、亜由と二人で食べられると思うと、嬉しかった。

そして――食事の後は……。

本当のところ、亜由の仕事が忙しいことも分っていた。それでもしつこく誘ったのは、食事だけでは、むろんない。

その後、また亜由とベッドへ入って、楽しい時間が過せるのだ。それを考えると、弘一は今からドキドキしていた。

弘一はベッドに横になった。――まだ、二人で過した時間のぬくもりが残っているような気がして、それだけでカッと頬が燃える。

亜由は僕を愛してるんだ!

僕に夢中なんだ。――何てすてきな気分なんだろう!

弘一は、亜由の肌のすべすべした感触、柔らかさを思い出してウットリとした。

女って、何てすばらしい生きものなんだろう。――弘一は大きく伸びをした。

亜由がいれば……。そう、亜由が一緒ならまた外へ出て、知らない人たちの間で暮すこともできそうだ。

「亜由……」

と、弘一は呟いた。「大好きだよ!」

そのとき――ブーンという低い唸りが聞こえた。聞き慣れた音だ。

え? でも――どうして?

立ち上げてもいないパソコンの画面が明るく光っていた。

こんなことって、あるのか?

そして、画面に現われたのは、あの「あゆ」だった。

「あゆ……」

弘一はベッドに起き上った。

「ひどいわ」

と、あゆが言った。

「あゆ……。どうしたんだ?」

「弘一さんって、ひどい人!」

弘一は戸惑った。画面に現われて、いきなりこんなことを言うなんて……。そんなプログラムにはなってないはずだ。

「知ってるわ、私」

「何を知ってるって?」

「あの女のせいなのね。あの女に夢中になって、私のことを見捨てたのね!」

あゆが、じっと暗い眼差しで弘一をにらんでいた。見たこともないあゆだった。長く呼び出さずにいると、すねたり恨み言を言ったりする。でも、今のあゆの目には、そんな「ゲーム」を遥かに超えたものがある。

「ねえ、あゆ。分ってくれよ。僕には現実の恋人ができたんだ。君にはもちろん感謝してるよ。長いこと、僕を慰めてくれたし——」

「分ってるわ」

と、あゆは遮(さえぎ)って、「あなたがゆうべ、あの女とここでしてたこと、私はずっと見てたのよ」

「——何だって？」

「現実の恋人ができた？　あの女が何なの？　私はあの女の何倍も、弘一さんを愛して来たのよ」

そこには、もう愛らしいだけの女子高生はいなかった。——弘一は呆然としていた。

「あゆ、君は……」

すると突然、

「私はここにいるわ」

と、弘一の背後から声がした。

画面から、あゆの姿が消えている。

「嘘だろ……」

今の声……。今、後ろから聞こえた声は、まるで……。

弘一はゆっくりと振り向いた。

そこには、夏のセーラー服を着たあゆが、立っていた。

これって――夢か？

「私、弘一さんを許さない」

と、あゆは言った。「私を捨てるなんてこと、させないから」

「あゆ……。君なのか、本当に？」

「現実の恋人のどこがいいの？」

と、あゆはじっと弘一をにらみながら言った。「ゆうべみたいなことができるから？

じゃ、私にも同じことをしてよ」

弘一はただ呆然として、目の前のあゆが、セーラー服を脱ぎ始めるのを見ていた。

「――よせ！」

と、弘一は震える声で叫んだ。「そんなこと……そんなこと、しないはずだぞ！」

「あなたがさせているのよ」

あゆがスカートを足下に落とした。「でなかったら、するわけないわ。そうでしょう？」

「お願いだ……。あゆ、君はいつも純情で、世の中の汚れに染まらずに……」

「勝手を言わないで」

と、あゆは半裸の姿で立つと、「パソコンの中の私を見て、いつも妄想してたくせに。この子を裸にしてやりたい、って。違う?」

「あゆ……。だって、それは……」

「好きなようにすれば?」

近付いて来る。——あゆが、本当の、生きた人間になって、目の前に……。

椅子にかけた弘一の視界を、あゆの白い胸がふさいだ。

「さあ!」

と、あゆは言った。「あなたのものよ!」


「弘一君、ごめんね」

玄関を入って、亜由は声をかけた。

「遅くなっちゃって……。弘一君」

玄関から上ると、亜由はダイニングキッチンを覗いた。食事の仕度はできていないで、明りも消えていた。

弘一君……。

亜由は、たまっていた仕事を片付けるだけで、こうして夜九時過ぎになってしまった。

きっと弘一が苛々して電話してくるだろうと思っていたが、一向にかかって来ない。

却って心配になったが、仕事を途中で放り出すこともできなかった。

「弘一君」

階段の下から呼びかけてみる。「——上にいるんでしょ?」

階段を上って行くと、亜由は、ドアを軽くノックして、

「弘一君。——私よ」

と言った。「入るわね」

ドアを開けると、ただ白い光を放っているパソコンの画面が目に入った。

「弘一君、どこ——」

中へ入って、亜由は足で何かを引っかけた。かがみ込んで手に取ってみると——弘一のシャツだ。

「弘一君……。どこ?」

ベッドへ目をやって、亜由は、たった今まで人が寝ていたらしい様子に、眉を寄せた。

——誰が? もちろん弘一だろうが……。

ベッドに近付くと、初めてベッドの陰に隠れるように誰かが床にしゃがみ込んでいるのが目に入った。頭からスッポリ布団をかぶっている。

「弘一君。どうしたの?」

亜由は声をかけながら、布団を取った。

そして——愕然とした。

弘一は立て膝を両手でしっかり抱え込んで、小さくなって震えていた。——裸で。

パンツもはいていない。全くの裸で、震えているのだ。

びっくりした亜由は、

「どうしたっていうの! さ、服を着て!」

と、弘一を立たせようとしたが、弘一はギュッと身を縮めて動かない。

「一体何があったの? 誰が服を脱がせたの?」

と、亜由は声を大きくして言った。

「あゆ……」

「え?」

「あゆが……」

上ずった声が洩れた。

「私……ここにいるわよ」

「あゆが……」

弘一の目は、亜由を見ていなかった。

亜由は弘一の視線を辿って頭をめぐらすと、白く光るパソコンが目に入った。

「あれがどうしたの？　弘一君」

「あゆが……」

と、弘一はくり返した。

あゆ？　――パソコンの中の「彼女」のことか？

でも、あんなものは作られた絵でしかない。

亜由は立って行くと、パソコンの電源を切ろうとした。

「だめだ！」

突然、弘一が叫んだ。「消さないで！」

「弘一君……」

「あいつが……戻れなくなる」

「何ですって？」

亜由は、なおも裸で震えている弘一を、ただ眺めていることしかできなかった……。

11 背徳

「大丈夫か？」

と、冴島が訊く。

「ええ……。すみません……。ワインなんて、普段飲みつけない物を飲んだせいで……」

志帆は熱くほてっていて、どうにも鎮められなかった。

タクシーの中だった。

「フランス料理をおごる」

という冴島の言葉で、早速高級レストランに連れて行かれた。

確かに、志帆にとっては、初めての味ばかりである。

しかし――おいしかった！

調子に乗って、ワインも何杯飲んだか……。

その結果、足下が危くて、一人では帰れずタクシーでアパートへ送ってもらうことになったのである。

「あ、そこ……そこです」

危うく、自分の住んでいるアパートを素通りするところだった。

「すみませんでした、院長先生……」

「いいんだ」

冴島は微笑んで、「君には感謝してるよ」

「はい……」

嬉しかった。——恩人に少しは報いることができた。

タクシーはアパートの前に停った。

「あの……タクシー代は」

と、志帆は言った。

「何言ってるんだ」

と、冴島は笑った。「それより、ちゃんと部屋まで行けるか?」

「あ……。いくら何でも……大丈夫です」

「怪しいもんだな。——ほら、足がもつれてるぞ!　部屋まで送ってやる」

「でも、そこまでしていただいちゃ……」

「いいから。さ、先に行け」

冴島は、志帆をアパートの中へ行かせておいて、タクシーの料金を払った。

アパートは、そう古くないが、二階建の小さな作りで、

「どこだ、部屋は?」

「二階です。〈202〉」

「じゃ、階段を上るんだな。やっぱり一人じゃ危かったぞ」

「すみません……」

確かに、志帆は冴島に支えられて、やっと二階へ上れた。

「――ここです。今、鍵……」

バッグから取り出した鍵が足下に落ちる。冴島が拾って、ドアを開けた。

「すみません……」

志帆は玄関で足を止めると、「あの……もうここで」

「ここまで来たんだ。上ってもいいだろ?」

志帆は初めて不安げな表情になった。

「でも……こんなアパートに……。散らかってますし」

「いいさ。君がどんな暮しをしてるか、見たいんだ」

冴島がドアの鍵をかけた。

「あの……」

冴島は構わずに上ると、

「きれいになってるじゃないか。一人暮しにしてはいい方だ」

と、部屋の中を見回した。

「院長先生……」

冴島はコートを脱いでその辺に放り投げると、志帆のコートを脱がせた。

「君には世話をかけた」

「いえ……。少しでもご恩返しを、と思っただけです」

「それだけか」

「それって……どういう意味ですか」

「訊いてるんだ。それだけなのか、と」

「私は……」

冴島の腕に抱きすくめられ、志帆は身を固くした。

「先生――」

「俺に任せろ」

「でも――」

「悪いようにはしない。ちゃんと面倒はみる」

志帆は唇を奪われると、体の力が抜けて行った。

明りを消さなきゃ……。せめて明りを。

冴島に身を任せながら、志帆はまぶしく見上げる明りのことばかり気にしていた。

「急に連絡があって」

と、香川涼子は言った。「今夜、急な会合があるから、軽食とコーヒー、紅茶の用意を頼む、って」

「その話は誰から?」

と、片山は訊いた。

「このビルの管理会社の人です。四十階のティーラウンジは、管理会社が直接経営してるんで」

「すると、君に直接話が行くの?」

「もともと、先輩の女性がチーフだったんですけど、家の都合で急に辞めちゃって。他に仕入れの業者との連絡とか、私以外分る人がいなかったんで、こんな頼りない女の子に任されてるんです」

と、涼子は言った。

「そんなことはない。しっかり者だって話だよ」

「慣れてるだけです。こんなこと、誰でもじきにできるようになりますよ」

しかし、確かに香川涼子はてきぱきとむだな動きがなく、手早く仕度をしていた。

エレベーターが開いて、晴美とホームズが降りて来た。

「お兄さん。アルバイト代はお兄さんが出してくれるのよね」

「ニャー」

「ホームズはアジの干物でいいよな」

「フニャ」

ホームズは、やや不満そうだった。

「わあ！　これが噂の名探偵猫ホームズね！」

と、涼子がかがみ込んでホームズの毛並に指を通し、「寒くなったから冬毛ね。ふかふかしてあったかそう」

その扱いが、いかにも慣れていて、

「猫、飼ってる？」

と、晴美が訊いた。

「前、ルームシェアしてた友だちが猫を飼ってて。私にも、とてもなついてたんですけど、引越しちゃったんで」

と、涼子が言った。「私も飼いたいけど、今のアパートじゃ……。早く高給取りになって、〈ペット可〉のマンションに住みたい！」

「ニャー」

「ホームズも、『頑張れ』って言ってるわ」

「ありがとう」

と、涼子は笑った。「さ、仕事しなきゃ」

「私、お手伝いするわ。お兄さんじゃ役に立たないから」

晴美はコートを脱いで片山の方へ放り投げた。

「じゃ、コーヒーに付けるミルク入れに、ミルクを注いでもらえますか？　そこの棚に。ミルクは冷蔵庫です」

「了解」

「カップが三十だから、ミルク入れ十個用意して下さい」

「分った」

「うちはコーヒー用のクリームじゃなくて牛乳なんです」

涼子はカップを並べると、「コーヒーはギリギリにいれて、できたてを注ぎます。――サンドイッチ、作りますから」

涼子は、小さなキッチンに立つと、大きな袋から切り揃えたパンを取り出した。

包丁を器用に使って、ハムやトマトを切って行く。

涼子と晴美で、準備は早々と進んでいった。

――突然の会合。

それがどうも「怪しい」というので、片山は晴美を呼んだのである。

「石津さんも呼ぶ?」

と、晴美が思い付いて訊いた。

「そうだな……」

そこまですることもないが、と思ったが、ホームズの方を見ると、キリッとした目つきでこっちを見上げている。そうか。用心し過ぎるってことはないな。

「連絡つくか?」

「電話するわ」

晴美がケータイを取り出す。「――石津さん? 今、例のビルの四十階にいるの。――そう。ちょっと調べることがあって。来られる?」

そう訊いて、晴美はケータイを耳から離した。

「すぐ駆けつけます!」

という石津の大迫力の声が、片山にもはっきり聞こえた。

「急がなくていいのよ。下に来たら電話して」

晴美は通話を切って、「会合はどこで?」

「この二階下の三十八階です」

と、涼子が言った。「サンドイッチ、並べて下さい」

「はい」

「——どこの会社?」

と、片山が訊いた。

「レンタル会議室なんです」

「何だい、それ?」

「今の会社って、少しでもむだなスペースを失くすために、社内にあまり会議室を作らないんです。だから、会議室をいくつも作って、それを貸す商売が成り立っていて」

「へえ。じゃ、会議室を貸すだけの仕事なの?」

「ええ。これだけ会社が入ってると、結構商売になるみたいですよ」

「色んな商売があるもんね」

と、晴美も感心している。

「ニャー……」

「俺も刑事をクビになったら、あのアパートを会議室にして貸すか」

「あんな所で会議する人、いないわよ」

あまり実りのない会話をしながら、サンドイッチの仕度は着々と進んでいた。

「――あと五分だわ」

と、涼子は時計を見て言った。

「もう運ぶ？」

「いえ、それがきっちり指定の九時四十分に持って来てくれ、と言われてます」

「へえ。どういうお客なのかしら」

「分りませんけど……。珍しいですよね、こんな時間に」

と、涼子は言った。

「そうだな」

何かいわくありげである。

「でも、お兄さんが運んでくわけにいかないでしょ」

と、晴美が言った。「私と涼子さんで持って行くわ」

「そうだなあ……。ボーイに見えないか？」

「その格好じゃ。蝶ネクタイでもしてればともかく」

「私と晴美さんで、どんな様子か見て来ます」

「よろしく頼むよ」

と、片山が言った。

そのとき、

「――やあ」

と、声がした。

「あ……」

涼子がハッとした様子で、「あの――もう閉ってますよ、ここ」

「分ってる」

と、尾田が言った。「しかし、君、どうしてここにいるんだ？」

「仕事です」

「休みじゃなかったのか」

「急な仕事で」

と、涼子は言った。「尾田さん、残業ですか」

「うん。ついさっき来たんだ」

「まあ」

「泊りだな、たぶん」

「奥さんとお嬢さんが寂しがりますよ」

「慣れてるよ。それにうちは息子だ」

「ごめんなさい、そうでしたっけ」

尾田は片山と握手して、

「こんな時間に捜査ですか?」

「ちょっとね」

「ああ。——例の毛皮のコートの女が現われそうな会社ですか」

尾田は好奇心を刺激されたようだった。

片山の話を聞くと、

「なるほど、貸会議室ね。——うちはあまり使ってませんが、年中使ってる会社もありますよ」

と、尾田は肯いて言った。「あれで稼げるのなら楽だよな、ってよくうちの部下と話してます」

晴美が、

「天宮さんも今会社にいるんですか？」

「いえ、今は——。確かあの男の所へ行ってると思います」

「あの小出弘一って人の所？」

「ええ。——おっと」

尾田のケータイが鳴って、「やあ、噂をすれば、ですね。天宮君だ。——もしもし」

話を聞いて、尾田が面食らっている。

「——何だって？〈あゆ〉って……。パソコンの中のキャラクターだろ？——そんな馬鹿な！」

片山たちは顔を見合せた。

「分った。——うん、連絡してくれ」

と、尾田は通話を切った。

「どうかしたんですか」

と、片山が訊いた。

「どうもこうも……。天宮君が行ったら、小出弘一が裸で震えてたと」

「裸で？」

「それが、『〈あゆ〉が現われて僕を犯した』って言ってるそうで……」

「天宮さんが？」

「いや、パソコンのゲームの中の〈あゆ〉です」

「パソコンから脱け出して来たってことですか？」

「あり得ない！　どうかしてるんじゃないかな、その男の子」

「あ、時間だ！」

と、涼子が言った。「晴美さん、行きましょう」

「ええ」

二人は、コーヒーカップや、ポット、サンドイッチを盛った大皿などを二台のワゴンに載せて、エレベーターへと向った……。

12 会議

三十八階でエレベーターの扉が開く。

ワゴンを押して出ると、ひんやりとした空気が二人を包んだ。

「いつも人がいるわけじゃないからですね」

と、涼子が言った。

「きっとそうね」

晴美は肯いた。

〈オフィス・P〉というガラス扉がある。

中の受付には人がいなかった。ガラス扉に目立つ金色の文字で、〈貸会議室・講習会場〉とあり、〈インターネット完備〉と、少し小さな字で付け加えてあった。

扉の傍のインタホンで、涼子が、

「四十階のティーラウンジです」

と言うと、ガラス扉がガラガラと開いた。

晴美は中へ入りながら、扉のガラス板が分厚いのにびっくりした。

受付のカウンターで足を止めると、

「上のティーラウンジの方？」

と、声がして、中年の女性が一人、せかせかとやって来た。

「ご注文の軽食と飲物です」

と、涼子は言った。

「ご苦労さま。後はこちらでやるからいいわ」

四十代の半ばというその女性、高級ブランドのスーツに身を包んでいた。どう見てもＯＬという感じではない。

「あ、でも……。お配りしなくていいんですか？」

と、涼子は言った。

「ええ、今日はいいの、私たちでやるわ」

きっぱりとした言い方で、気の変る様子はなかった。

「ではよろしく……。代金のお支払いはどういたしますか？」

と、涼子が訊くと、

「いくら？　今現金でお払いするわ」

と、封筒を取り出す。

「あ……。では、こちらになります」

涼子が伝票を取り出した。

スーツの中年女性は、封筒から現金を出して、涼子へ渡し、

「――はい、細かいのもちょうどね」

「ありがとうございました。領収証は――」

「いらないわ」

と、即座に言われた。

おつり、領収証にかこつけて、またここへやって来るという口実がなくなった。

「カップやお皿は、ワゴンに載せて、扉の外に出しておいて下さい」

と、涼子が言った。「明日、取りに来ますから」

「分ったわ。ご苦労さま」

早く二人を帰らせたいようだ。

「あ、そうだわ」

と、晴美が言った。「ワゴンを明日朝早く使うって、店長さんが言ってたじゃないの」

「あ、そうだったわね」

涼子が即座に合せてくれる。

「勝手を言って申し訳ないんですが、ワゴン一台だけ、後で取りに来させていただいてもいいでしょうか」

中年女性は、ちょっと渋い顔をしたが、

「いいけど……。じゃ、三十分後に取りに来て」

「分りました。インタホンでお呼びすれば？」

「いえ、その時間の少し前に表に出しておくから持って行って」

「分りました」

それ以上、無理は言えなかった。

「ありがとうございました」

と、二人は言って、エレベーターホールへ戻った。

「いつもこう？」

と、晴美が声をひそめる。

「さあ……。確かに中までは入れてくれないですけど、あそこまでうるさくはないと思います。私も、そう何度もここへ来ていないので」

と、涼子が言った。

「仕方ないわ。ともかく四十階へ戻りましょう」

上りボタンを押して少しするとエレベーターの扉が開いて、

「あ……」

下から石津が乗って来ていたのだ。

「晴美さん！　偶然同じエレベーターに乗り合せるなんて運命ですね！」

何しろ声が大きい。晴美はあわてて、

「シッ！」

と、石津の口を押えて、

「扉を早く閉めて！」

と、涼子に言った。

四十階へ上って、

「――どうしたんです？」

と、石津は訳が分らずキョトンとしている。

「何だ、一緒だったのか」

と、片山が言った。

「聞かれたかしら」

と、晴美が首を振って、「何しろ、声がよく響くし」

「でも、あのガラス扉の中までは」

と、涼子が言った。「相当分厚かったですよ」

「そうだといいけど……」

「どうかしたのか」

片山に事情を説明すると、聞いていた石津が、

「そいつはすみません！」

と、大声で言った。

「仕方ないわよ、知らなかったんだもの」

と、晴美は言った。「でも、あれって、普通の会合じゃないわ」

「そうだな。――しかし、令状もなしに入るわけにゃいかないし」

と、片山が腕組みする。

すると――足下で、

「ニャー」

と、ホームズが鳴いた。

「何だ？」

「そうだわ」

と、晴美が言った。「『どこからともなく入り込んだ猫』ってどう？　ホームズを捜してあの中へ……。でも、入口の扉が入れなきゃね」

「ニャン」

「何とかなる、って言ってる。——行ってみるか」

「お兄さんじゃだめよ。私が行く」

「だが、危険があるかもしれないぞ」

「そんなの当り前でしょ」

「僕がボディガードについて行きます！」

何も分っていない石津だった……。

その場で話を聞いていた尾田が、

「エレベーターだと、どうしても着いたときにチーンって音がする。二階下なら階段で行った方が」

と言った。

「そうだわ」

と、晴美も肯いた。「じゃあ――お兄さんたちも一緒に来て、階段の所で待機してて」

「分った」

と、片山は言った。「じゃ、行くか」

「僕も同行させて下さい」

と、尾田が言った。

「いや、しかし……」

「僕一人、置いて行かないで下さいよ」

と、尾田が子供のようにふくれている。

それを見て涼子が笑いをこらえていた。

「――分りました」

と、片山は肯いて、「しかし、僕らの後ろにいて下さいよ。用心しないと」

「承知しました!」

尾田は嬉しそうに言った。

晴美たちとホームズを先頭に、ゾロゾロと階段へ向う。

「声が響くわ」

けると、晴美が小声で言った。「静かに下りましょう」

足音をできるだけたてないように、階段を二階分下り、〈38〉と書かれたドアをそっと開ける。

エレベーターホールの向うが貸会議室の入口だ。

「ここにいて……」

と、晴美は片山たちへ手ぶりを付けて合図すると、ホームズと涼子と一緒に〈オフィス・P〉のガラス扉へと向った。

その途中、ホームズが足をピタリと止めると、一声鋭く鳴いた。

「どうしたの？」

振り向いた晴美は、ホームズがエレベーターを見ているのに気付いた。アッと息を呑んで、

「エレベーターが動いてる！」

二台のエレベーターが下りて行く。

「逃げたんだわ、きっと！　お兄さん！」

片山たちが駆けて来て、

「やっぱり石津の声を聞いたのかな」

「では僕のせいで――」

「そんなことはいい！　追いかけよう！」

エレベーターの下りボタンを押す。エレベーターの動いている音がかすかに聞こえているが、なかなか三十八階までは上って来ない。

「階段で行きますか？」

と、石津が言った。

「間に合うわけないだろ」

「でも、一階を一秒で下りれば――」

「転げ落ちたって無理だ」

その時、扉が開いた。片山たちが乗り込んで〈1〉を押す。エレベーターの扉が閉じて、下り始めた。

そして――〈20〉を通過したとき、エレベーターが突然停った。

「どうしたの？」

と、涼子が言った。

「まさか――」

と、尾田が言ったとき、エレベーターの中の明りが消えた。

「これって……」

小さな非常灯だけが点いていた。

「電源を切ったな」

と、尾田が言った。「逃げる時間を稼いでるんだ」

「どうにかならないの？」

と、涼子が尾田の腕をつついた。

「待て。――うん、残業してる連中がいる」

尾田はケータイを取り出した。「――もしもし。――うん、そっちも消えてるか。今エレベーターの中なんだ。誰か管理センターへ連絡して、電源を回復させろ」

ホームズが、エレベーターの操作パネルを見て鳴いた。晴美は目を近付けて、

「〈非常〉ボタンだわ。これ押すと、近くの階に停って扉が開くのよ、きっと」

ためらわず押すと、エレベーターはゆっくりと下り始め、すぐに停って、扉が開いた。

「十九階だわ」

明りは消えているが、非常灯が灯っているので、何とか様子は分る。

「よし、階段を下りよう」

と、片山が言った。「エレベーターがすぐ動くかどうか分らない」

「僕が先に！」

責任を感じている石津が張り切って階段へのドアを開けた。

その時——遥か下からバン、と短い音が響いた。

「今のは——銃声か?」

と、片山が言った。「急げ! 晴美、ホームズを抱いて来てくれ!」

言いながら階段を駆け下りる。

銃声? 本当にそうなら、誰かが撃たれたのか?

石津が階段を踏み壊しかねない勢いで下りて行くのを、片山は必死で追いかけた……。


明りが消える少し前——。

安西むつみはビルの夜間通用口のロックを開けて、中へ入った。

むつみは受付の仕事に戻って、定時に四十階へ戻ったのだが、

「万一のことがあると、児島の叔母さんに殺される」

と、片山に言われて帰ることにした。

しかし——近くで食事をしたりして時間を潰している内、やはり四十階がどうなっているか、気になってじっとしていられなかったのである。

「こんな時間まで……」

片山のケータイに電話しようかとも思ったけれど、もし捜査の邪魔になっては、とも心配だった。

「そうだわ」

と、迷った挙句、「私は片山さんの婚約者なのよ！　一緒にいる権利がある！」

ウン、と自分で納得して肯き、ビルの夜間通用口へと向ったのである。

受付にいるので、ビルへ入るカードは持っている。ビルの中へ入って、エレベーターホールへと向う。すると――。

エレベーターが一階で停る音がした。誰か下りて来た？

もちろん、この時間に残業して帰る人がいてもふしぎはない。

しかし――もう一度、エレベーターの停る音がしたと思うと、

「早く電気を切って！」

という女の声がしたのだ。「追っかけて来るわ！」

「私たちは駐車場へ！」

二人三人ではない。バタバタと大勢の足音がして、突然ビルの中の明りが消えた。

え？　どうしたの？

むつみは焦った。受付に行けば、管理センターに直通の電話があることを思い出した。

そしてロビーへと駆け出したむつみは、駐車場へ下りる階段に出るドアを入って行く女の姿を見た。向うも、むつみの足音に気付いて振り向いた。

ロビー全体は暗かったが、そのドアの所は、頭上の非常灯に照らされていて、顔が見えた。

むつみは立ち止った。相手も足を止めていた。目が合う。

あ……。この人、誰だっけ？

どこかで見たことがある、とむつみは思った。

「ああ、あなたは――」

と、むつみが言いかけたとき、その女はドアの中へ姿を消し、代りに黒っぽいスーツの男が現われた。

むつみにはその男が手に何を持っているか分らなかった。

むつみは受付のカウンターへ行こうとした。その時、男の手にした拳銃が発射された。

むつみは腹を撃たれて、焼けるような苦痛に呻きながら、それでも二、三歩受付のカウンターへと進んで、ガクッと膝をついた。

冷たい床に伏したとき、むつみは一瞬、

「こんな所で寝たら風邪ひくわ……」

と考えていた……。

十九階から階段を駆け下りて来ると、さすがに膝がガクガクになった。

「着いたぞ……」

片山は喘ぎながら言った。

「片山さん……」

石津も息を乱して、「生きてますか？」

「生きてなきゃ、話ができないだろ！」

片山はロビーへ出た。

「誰もいませんね……」

と、石津が言った。

「エレベーターが着いて、まだそうたってない。そうだ！　きっと駐車場だ」

晴美がホームズを抱いてやって来た。

「下りでがあるわね！」

と、晴美は言って、ホームズを床に下ろした。「他の人たちも今来るわ」

「うん。たぶん駐車場へ――」

片山が言いかけたとき、ホームズが高く鳴いて、駆け出した。

「ホームズ！　どこに行くの？」

と、晴美が呼んだ。

そしてホームズの後を追うと——。

「お兄さん！　誰か倒れてる！」

晴美の叫び声に、さっきの銃声を思い出した片山は青くなった。

「誰だ？」

「暗くてよく——」

と、晴美が言いかけたとき、ロビーに明るく光が溢れた。

「——まあ！　安西さんだわ！」

「何だって？」

片山も駆けつけて、うつ伏せに倒れた安西むつみと、広がっている血だまりを見て愕然とした。

「どうしてこんな所に……」

「急いで救急車！」

と、晴美が叫んだ。「石津さん！　救急車を呼んで！」

片山は膝をついて、むつみの手首を取った。

「お兄さん……」

「脈が弱い。出血を止めないと！」

「私がやるわ。お兄さん、駐車場へ！」

「しかし……」

「私に任せて」

「分った」

片山は、尾田たちがやって来るのを見て、

「ここにいて！　人が撃たれた。ついて来ると危険だ」

「でも――」

と、涼子が言いかける。

「だめだ！」

片山は一人、地下の駐車場へと急いだ。

しかし――駐車場へ下りたとき、片山の目の前は、閑散として静かな空間でしかなかった。

「逃げたか……」

と、片山は呟いた。

もう手遅れだ。どんな車なのかも分らなくては手配できない。

片山は仕方なくロビーへ戻った。

「――誰もいない。どうだ？」

「何とか傷口を押えてるけど……。かなりの出血よ。すぐ病院で輸血しないと」

「ああ……。どうして戻って来たんだ！　安西さん！　むつみさん！　聞こえますか！」

片山が大声で呼びかける。

しかし、むつみはただ目を閉じて、半ば開いた口でかすかな息の音をたてるばかりだった……。

13　怒りの夜

「お兄さん……」

晴美が声をかけた。「少し休んだ方がいいわよ」

「休んでるよ」

片山は、苛々と歩き回っている足を止めた。

「さっきから、そうやって――もう何キロも歩いてるわよ」

「じっとしてられないんだ」

「気持は分るけど……」

――病院の中は、すっかり静かになることがない。

もう深夜だが、ナースステーションのナースコールは、ほとんど休みなく鳴り続けている。

その度に、夜勤の看護師が忙しく駆け回るのだ。

「大変な仕事だな」

と、片山は今も小走りに病室へ向う若い看護師を見送って言った。

「そうね。きっと私より若いわ、あの人」

「しかし、医者や看護師は人の命を助ける仕事だ。――少なくとも、刑事みたいに傍にいる人間にとばっちりを食わせることはない」

「お兄さん……」

「ニャー」

ホームズが片山の足下に、いつの間にか座って見上げていた。

「分ってる。俺のせいじゃないかもしれないさ。しかし、見合してなかったら、むつみさんがあんな所にいるはずもなかったんだ」

「そう言ったらきりがないわ」

――安西むつみはこの大学病院の救急外来に運び込まれた。

少なくとも、救急車がここへ着いたときにはまだ息があったのだが……。

白衣の医師がやって来た。

「片山刑事さんですか？」

「そうです」

「外科主任の永井(ながい)です」

肩書からは、それこそメスのように鋭い切れ味の医師を想像するが、実際は小太りでおっとりした印象の男性だった。

しかし、夜勤の看護師が、

「緊急手術が必要だと思いますので、主任の永井先生に連絡してみます」

と言っていた。「もうおやすみでしょうけど、たぶん来られるでしょう」

「わざわざ来ていただいて……」

と、片山が言うと、

「これが仕事です」

と、肯いて見せた。「輸血しています。しかし、弾丸が体内に残っていますし、内臓がどの程度やられているか、直接見ないと分りませんから、もう少し様子を見てから、手術になると思います」

「助かりますか」

と、片山は訊いた。

「心臓がもてばいいんですが。出血が大量だったので、耐えられるかどうか。――手術中に心臓が停止する危険もありますが、放っておけば体内の出血で、いずれもたなくなります」

淡々とした口調が、むしろプロらしい信頼感を与えた。

「よろしく」

とだけ言って、片山は頭を下げた。

「お知り合いの方ですか？」

と、永井が訊いた。

「はあ……。付合っている女性です」

と、片山は言った。

「手を尽くします」

と言って、永井医師は足早に戻って行った……。

「ああ……」

片山も、いざ手術と聞くと、疲れが出て休憩所のソファに腰をおろした。

「――お兄さん」

と、晴美がつつく。「児島の叔母さんが」

「え？」

児島光枝がエレベーターから出て来て、せかせかとやって来る。

「叔母さん」

「義太郎ちゃん！」

と、光枝が駆けて来ると、「むつみさんが重傷ですって？」

「ええ。今、手術を始めてくれるところです」

「何てことでしょう！　義太郎ちゃんが付いていながらどうしたっていうの？」

と、光枝が嘆く。「万一のことがあったら、相手の方にどうお詫びすればいいのか……」

「叔母さん、お兄さんのせいじゃないわ」

「それにしたって――」

と、光枝は言いかけて、「あ、来たわ」

エレベーターの扉が開いて、コートをはおった中年女性が二人、降りて来た。

一人は片山も見憶えがある。車泥棒の村井が車にはねられたときに、それが冴島の車だったと証言してくれた、園井しのぶだ。

一緒に来たのは、ちょっと顔色の良くないやせた女性だった。

「しのぶさん、ごめんね、遅くに」

と、光枝が言った。

「いいえ。心配ですもの。で、むつみさんは？」

「これから手術ですって」

「まあ……。大丈夫なの？」

「義太郎ちゃん」

と、光枝が言った。「こちら、安西むつみさんの叔母さん」

「どうも……。姪がお世話に……」

「いえ、とんでもない」

「安西ななえと申します」

と、その「叔母さん」は言った。「むつみの両親はもう亡くなっているものですから、私が親代りを」

「そうですか……」

片山はつい目を伏せて、「僕の不注意で、むつみさんがこんなことに……」

「いえ、とんでもない！」

と、安西ななえは言った。「むつみは、そりゃあもう片山さんのことを大好きで。『本当に優しくて、素敵な人なのよ！』と、飛びはねるように言っていました」

片山は言葉がなかった。安西ななえは続けて、

「たとえ何があっても、あの子があなたのことを恨んだりすることはあり得ません」

と言った。

片山は絶句したまま、ただ深々と頭を下げた……。

晴美が状況を説明すると、光枝もやっと納得した様子だったが、

「ひどいことするわね！　あの子を撃つなんて！」

と、腹立たしげに言った。「義太郎ちゃん！　きっと犯人を捕まえてよ！」

「もちろんですよ」

と、片山は言った。「現場はどうなってるのか、石津に訊いてみる」

石津があのビルに残っていた。片山はケータイを手に、その場を離れようとしたが、そのとき、

「手術の準備、できました！」

と、看護師の声がした。

「麻酔は？」

「先生、みえています」

「よし、行こう」

永井医師が力強く言った。

片山たちは全員、頭を下げて見送った。

「――義太郎ちゃん」

と、光枝が言った。「むつみさんが助かったら、結婚してあげてね」

片山は何とも返事ができなかった。

「まあ、あの受付の人が?」

と、天宮亜由は息を呑んだ。「片山刑事さんとお見合した人ですよね? ——そうそう。

安西むつみさんっていいましたね」

尾田からケータイに電話が来て、状況を知らされたのだった。

「それで今は?」

と、亜由は訊いた。

小出弘一をやっと落ちつかせ、ベッドに入れて階下へ下りて来ている。

弘一の母が撃たれて倒れていた台所。今も、どこか底冷えがするようだ。

「今、ビルに警察が来て色々調べているよ」

と、尾田が言った。「撃たれた安西君は病院だ。手術になるらしい」

「助かりそうですか」

「さあ……。何とも言えないらしいよ。片山さんから連絡があった。また何かあれば教えてくれるだろう」

「尾田さんも、用心して下さいよ」

と、亜由は言った。

「そっちはどうなったんだ？」

「すみません。なかなか戻れなくて」

「それはいい。もし君がいたら、巻き込まれていたかもしれないからな」

「でも仕事が……」

「こっちも、今はそれどころじゃないよ。弘一君ってのはどうしたんだ？」

「何があったのかは分りませんけど、今はともかく寝ています」

「そうか」

「もう少し様子を見て、大丈夫そうなら社へ戻ります」

「まあ、無理をするなよ」

「はい。また連絡します」

「うん」

——亜由は通話を切ると、階段の方へ目をやった。

尾田と話している間に、階段の辺りでチラッと影が動くのが見えたような気がしたのだ。

「——弘一君？　下りて来たの？」

と、声をかけたが、返事はない。

気のせいか……。

亜由は深呼吸して、強く頭を振った。

怯えていた弘一をなだめるのに、ずいぶん神経を使ったせいか、頭痛と肩こりがした。どう考えていいか分らないことに気をつかうのだから疲れる。

思い切って会社へ行ってしまおうかとも思うのだが、弘一がどうなるか、やはり気になる。といって、ここでこうしていても……。

「何か飲もう」

亜由は立ち上ると、台所のポットのお湯が入っているのを確かめて、戸棚からインスタントコーヒーを出した。コーヒーカップを持って来て、コーヒーを入れると、お湯を注ぐ。

コーヒーの香りが、いくらか疲労をいやしてくれるようだ。

亜由が立ったまま一口飲んで、ホッと息をつくと、カップをテーブルへ置こうと向き直った。

その瞬間、亜由は頭からスッポリと布をかぶせられていた。

「誰！」

と叫ぶと同時に、吸い込んだ空気で頭がしびれた。

薬品だ！　そう思ったときには体の力が抜けて、よろけていた。床に膝をつく。

吸い込んじゃいけない……。

そう分っていても、体は空気を求めていた。

ああ……。私、どうしたの？

亜由は意識を失って、そのまま床に倒れ込んだ。

「お兄さん、大丈夫？」

晴美が片山のことを心配している。

「俺は大丈夫だ」

——手術は長引いていた。

広いガラス越しに、少し白んで来る空が見えた。

「長くかかっている、ってことは、むつみさんが頑張ってるんですよ」

と、晴美が、安西ななえを励ましている。

片山としては、人を励ますこともできない。

「——手術が済んだら」

と、片山は言った。「あの〈オフィス・P〉を調べよう。何か痕跡が残っているかもしれない」

「それに、私と涼子さんは、一人の顔を見てるわ」

「そうだったな！　憶えてるか？」

「ええ。似顔絵くらいできるわ」

「よし、記憶が新しい間に、憶えている特徴をメモしておいてくれ」

「特徴……ね」

と、晴美は考え込んで、「——普通の『おばさん』」

「それじゃ何だか分らない」

「でも、そうなんだもの。これって特徴のない。そうね、少し暮し向きの良さそうな、って感じ？　確かブランド物のスーツ、着てたわ。でも、ＯＬって感じじゃない」

「〈オフィス・Ｐ〉に訊けば、借りた人間が分る。そこからたぐって行けば、どうして人を殺そうとしたのか分るさ」

「そうね。——普通のおばさんが、拳銃で人を撃ったりしないわ」

「撃たれることはあっても……」

と、片山は言った。

「小出雪子ね」

「小出雪子も、あの会議室での会合に出ていたんだろう。そこへ出るときは毛皮のコートなんか着て、しかもヤクザのような用心棒がいた……」

「そこで何の会合があったのか、だわね」

「小出雪子の貯め込んでいた金がどこから来たのか、だ。その『秘密の会合』と結びついてることは間違いない」

「そうね」

事件の話をしている内に、片山も大分立ち直って来た。

「そういえば、あの息子はどうしたんだ?」

と、片山は思い出した。「何だか、パソコンの女の子が抜け出して来たとか……」

「ああ、天宮亜由さんが電話で……。その後どうしたのかしら」

晴美はケータイを取り出して、「連絡してみるわ。夜中も早朝もないって言ってたから」

晴美が電話をしに階段の方へ行くと、片山はトイレに行って、冷たい水で顔を洗った。

こうしている間にも、安西むつみは必死で闘っているのだ……。

「結婚してあげて、か……」

光枝の言葉が片山の胸に響いていた。

顔を洗って、フーッと息をつきながら顔を上げ、鏡を見ると——後ろで、あのむつみの「元恋人」がまたバットを振り上げていた。

「鏡が割れた？」

晴美が面食らって、「お兄さん、何したの？」

「いや……。ちょっとした事故なんだ」

と、片山は言った。「あの——弁償しますので、請求して下さい」

「分りました。大丈夫だと思いますけどね……」

と、看護師もふしぎそうに、「おけがはなかったんですか？」

「はあ、何とも」

——松原はバットで鏡を割ると、その場で泣き出してしまった。どこかでむつみが重体と聞いて、「片山のせいだ！」と、怒ってやって来たらしい。

まあ、片山はまたバットをよけて無事だったし、泣いている松原に、

「手術の結果は知らせるから」

と言って、帰してやったのだった……。

「天宮亜由さん、電話したけど出ないの。またかけてみるわ」と、晴美が言った。

「片山さん」

そのとき、ナースステーションの看護師が声をかけて来た。「手術室の方へおいでになっ

て下さい」

片山と晴美は顔を見合せた。

——手術室のフロアへゾロゾロと向うと、ちょうど扉が開いて、手術者の永井医師が出て来た。

「やあ、お待たせしました」

顔は汗で光っている。「ご心配だったでしょう」

「あの……」

「何とかもちました」

一斉に息をつく。永井医師は微笑んで、

「やはり心臓が若いんですね。よくもちこたえました」

と言った。「弾丸も取り出しました。お渡しします」

「よろしく」

と、片山は言った。「ありがとうございました！」

「仕事ですから」

と、永井は会釈して、「ではこれで」

むつみが手術室から運び出されて来た。むろん麻酔で眠っている。

「むつみちゃん！」

と、光枝と安西ななえが駆け寄った。「よく頑張ったわね！」

「ニャオ」

と、ホームズも安堵した様子。

「むつみちゃん！」

と、光枝が言った。「未来の夫が傍についてるわよ！」

「今、そういう話をしても、聞こえてないですよ」

と、片山は言った……。

14　歪んだ壁布（クロス）

「お待たせして」

入って来たのは、どこかの地方の役所にいそうな地味な印象の男性だった。

「どうも」

片山は、同行した石津とホームズの紹介をして、「ゆうべの事件はご存知ですね」

と訊いた。

貸会議室を経営している〈オフィス・P〉の事務所は、同じビルの三十七階にあった。

「社長の八木啓介（やぎけいすけ）と申します」

と、その地味な男性は名刺を出して、「もちろん事件のことは聞いています。受付の安西さんも顔見知りですし、大変ショックです」

と言った。

「状況から見て、安西さんを撃った犯人は、ゆうべそちらの会議室を使っていた人間と思われるんです。ゆうべの会合は何だったんですか？」

「さあ、それは……」

と、八木が口ごもる。

「失礼します」

応接室のドアが開いて、スラリとしたスーツ姿の女性がお茶の盆を手に入って来た。

「――吉沢君です」

と、八木がその女性を紹介して、「会議室の申込みの受付は彼女がやっています」

片山たちへお茶を出すと、

「吉沢小百合と申します」

と、ていねいに頭を下げて、「ゆうべの事件には本当にびっくりいたしました」

冷静な口調で、淡々としている。

「お話を伺って、すぐ申込みいただいた方に連絡を取ろうとしましたが、電話番号は存在しませんでした」

と、吉沢小百合は言った。

「というと……」

「代表者名も〈山田花子〉となっていまして。たぶん偽名でしょう」

片山が口を開く前に、八木が言った。

「私どもは、会議室をお貸しするだけで、どういう人がどういう会合を開いているか、一切関知しません。むろん、大部分はこのビルの中の企業の方々が利用客ですが、空いていれば誰にでもお貸ししています」

「それは分りますが……」

「特に身分証明なども必要ありませんし、使用料さえちゃんと払っていただけば、こちらとしてはよろしいので……」

「ゆうべの場合は？」

「使用料はお申込みのときに現金で前払いしていただきました」

と、吉沢小百合は言った。「内密の話なので、当社の者も遠慮してほしいというご希望で。ロックを開けるカードをお渡ししただけで、こちらもどんな方々がおいでになっていたか、分らないのです」

「そうですか」

片山は息をついて、「申込書はありますか？」

「お持ちしました」

と、吉沢小百合が紙片を取り出した。「でも、これはあちらが口頭でおっしゃったことを、私が記入したものです」

「そうですか……」

〈会議名〉〈会社名〉などは、すべて〈特になし〉とあった。

「申込みに来たのは、どんな人でした?」

「女の方です。中年……だと思いますが」

「顔を憶えていますか?」

「それが、色のついたメガネに大きなマスクをしておられて。お顔はさっぱり……」

「怪しげだとは思わなかったんですか?」

「それは——お客様のご事情が」

と、吉沢小百合は言った。

「お客様には色んな方がおいでです」

と、八木が言った。「たとえば、秘かに企業の合併話を進めておられるときなど、ホテルで会ったりすると誰に見られるか分りません。そういう方が、わざと私どもの会議室を夜遅くに借りられることもあるので。——私どもも、あえて会社のお名前もお訊きしません」

「なるほど」

これでは大して役に立たないかもしれない、と片山は思った。「ゆうべの会合で使われた部屋を見せてもらえますか？」

「はい、どうぞ。予約が入っていましたが、他の部屋にしていただきました」

と、吉沢小百合が言った。「ご案内します」

「よろしく」

「可愛い猫ちゃんですね」

と、吉沢小百合は初めて微笑んで、「警察犬というのは知ってますけど、猫もいるんですね」

「まあ、稀なケースですが……」

応接室を出ようとして、片山はホームズが足を止め、振り向いているのに気付いた。ホームズは八木を見ていた。

そしてすぐに片山の足下をくぐって先に出て行く。

片山たちは、エレベーターホールへと、吉沢小百合の後について行った。

エレベーターのボタンを押して、吉沢小百合は、

「寒くなりましたね」

と言った。

そうだ。——それなのに、八木はどうしてハンカチで汗を拭いていたのだろう？

カチャリ、と鍵が回った。

「——こちらです」

と、吉沢小百合がドアを開けた。

「どうも」

片山たちは中へ入った。

特別、変ったところのない会議室。一つ一つの席にパソコンが置かれ、奥には大きなディスプレイ。

「最新の設備を備えています」

と、吉沢小百合が言った。

「確かにそのようですね」

と、片山は肯いた。

「凄いですね」

と、石津が目を丸くしている。「我々の捜査会議と大違いで」

「本当だな」

と、片山は苦笑した。「昨日、ここに忘れ物などはありませんでしたか」

「特に何も」

と、吉沢小百合は言った。「朝一番に、全部の会議室をチェックしますが、何もありませんでした」

「指紋は残ってませんかね」

と、石津が言うと、

「申し訳ありません。午前中に掃除の人が入っているので、たぶん何も……」

「分りました」

と、片山は言って、「窓がないんですね、この部屋は」

「はい、どの会議室もありません」

「何か理由が？」

「すぐ近くにも高層ビルが建っていますから、窓を作ると中の様子が見えてしまいます。あくまで秘密保持のためです」

そこまで心配するのか、と片山は感心した。

「パソコンに何かデータでも？」

「昨日のお客様はお使いになっておられないようでした。そういう方も多いです。外からパソコンに侵入されるのを恐れて、直接話して、メモを残すのが一番安全だと……」

「そうですか。——仕方ない。引き上げるか」

「お役に立てませんで」

と、吉沢小百合が言った。

「いえ。——ホームズ、行くぞ」

片山はホームズが机の上に座って、じっと壁を見上げているのを見て、「どうかしたのか？」

「何か動物の痕（あと）でも？」

と、吉沢小百合が面白そうに言った。

ホームズが片山の方を見る。——何か言いたげな目だ。

「よし、じゃ、その辺を撮っとこう」

片山はケータイを取り出すと、カメラモードにして、「あんまり撮らないから、慣れてないんだよな……。あ、いけね」

ちゃんと構えない内にシャッターを切ってしまった。

「もう一度……。この壁布（クロス）の模様でも面白いのか？」

と言いながら、もう一度シャッターを切り、「これでいいか。——どうもお邪魔しました」

「いいえ」

片山たちは〈オフィス・P〉の会議室を出て、吉沢小百合と別れ、エレベーターで四十階に上った。

「いらっしゃいませ」

ティーラウンジで、香川涼子が迎えてくれた。「尾田さんもあちらに」

「やあ！　良かったですね、安西君は」

尾田が片山の手を握って言った。

石津がいささか微妙な（？）表情でいることに気付いていたので、片山は、コーヒーの他にサンドイッチを二人分頼んだ。

「さすがは片山さん！　推理力ではホームズさんに負けませんね！」

「そんなお世辞言わなくていい」

と、片山は言った。「――今、〈オフィス・P〉へ行って来ました」

「何か分りましたか」

と、尾田が言った。

「いや、それが……」

片山は説明して、「どうも手掛りはありそうもないんですが……。ただ、ホームズが何か気にしている様子だったので」

　片山がケータイで撮った画像を見せた。

「この女性は？」

　と、尾田が訊く。

「〈オフィス・P〉の社員です。吉沢小百合というんですが……」

　片山は、撮り損なったふりをして、あの女性の写真を撮っていた。「どうも……普通の事務員ではないような雰囲気があって」

「というと？」

「いや、具体的にどう、ってことではないんですが……」

　涼子から器にミルクをもらって、ペタペタとおいしそうになめていたホームズが顔を上げて、片山の方を向き、一声鳴いた。

「そう。──そうなんだ。ホームズが振り向いて見たとき、あの社長の八木という男はハンカチで汗を拭いてた」

「汗っかきなんですか？」

　と、涼子が、片山たちにコーヒーを出しながら言った。

「この寒い時期にね。でなければ、緊張のせいの汗だったのかもしれない」

「それはつまり――」

「僕らをうまくごまかして、ホッとしていたのかもしれませんよ。その八木を、あの吉沢小百合がずっと見ていた」

片山は警視庁へ電話を入れると、同僚に吉沢小百合の写真を送ると告げて、

「誰か知ってる人間がいないか、あちこちに見せてくれ」

と頼んだ。

片山はサンドイッチをつまもうとして、すでに一皿が空になっているのを見て啞然とした。

ホームズはせっせと前肢(まえあし)で「顔を洗って」いたが、その作業を終えると、片山の膝へヒョイと乗った。

「おい、危いぞ！――あ、ケータイのことか」

テーブルに置いた片山のケータイを、ホームズが前肢でつついた。

「――何だったんだ？」

片山は、あの会議室で撮った写真を出して、

「何か変ったことがあったか？」

「見せて下さい」

と、涼子がケータイを手に取って、「これって何の写真ですか？」

「壁なんだ。ホームズがじっと見上げてたんで撮ったんだけど……。特別変ったところもないようでね」

涼子はしばらくじっとその写真を眺めていたが——。

「この壁布(クロス)……。私の友だちのマンションのと同じ柄です」

と、涼子は言った。

「偶然だね」

「でも、変です」

「というと?」

「柄が逆さです」

涼子の言葉に、片山はケータイを逆さにしてみた。——確かに、逆だと模様がはっきり分る。

「なるほど……。ホームズ、それが言いたかったのか?」

ホームズは欠伸(あくび)するだけだった。

「壁布(クロス)を上下逆に貼る?　そんなことを、プロがやるか」

と、片山は言った。「つまり——あれは、誰か素人が貼り直したんだ」

「でも、どうしてでしょう?」

と、涼子が言った。

片山はゆっくりとコーヒーを飲んでいたが……。

「調べてみよう」

と、しばらくして言った。「何か秘密が隠されてるのかもしれない」

そのとき、片山のケータイが鳴った。さっき写真を送った同僚からだ。

「もしもし?」

「片山さん、さっきの写真の女ですが」

「何か分ったか?」

「たまたま、暴力団担当が長い先輩と廊下で会ったんで、何気なく見せたんです。そしたら、最初『知らんな』と言って行きかけたんですが、『ちょっと、もう一度見せろ』と言われて」

「それで?」

「『アケミに似てる』と」

「アケミ?」

「大坪明美(おおつぼあけみ)といって、暴力団の元幹部の女だったそうですが、幹部が逮捕されたとき姿をくらましたとか。この二年ほど、足取りがつかめていないそうです。イメージが違うけど、よく似てる、ということでした」

「その大坪明美の写真があったら、比べてみてくれ」

「分りました」

片山は通話を切ると、

「——怪しいな」

と言った。

片山の話を聞いて、

「きっとそいつですよ!」

と、尾田が張り切っている。「TVドラマだとたいていそうと決ってます!」

「じゃ、あの貸会議室の〈オフィス・P〉そのものに、何か秘密が?」

と、涼子が言った。

「調べてみる必要がありそうだ」

と、片山は肯いて、「しかし——この程度のことで捜査令状は取れないだろう」

「それなら、勝手に入りましょう」

と、尾田がアッサリと言った。

「どうやって?」

「簡単ですよ。ここの管理センターにはすべての鍵が揃ってます。僕は年中泊り込んでるんで、いつも出入りしてますからね。〈オフィス・P〉の鍵を持ち出すのは難しくない」

「しかし、そうなると不法侵入ですよ」

と、片山は言った。「それは問題だ……」

しかし、安西むつみが死にかけたのだ。その犯人を見付ける手掛りがあそこにあるとしたら……。

いや、やはり刑事がそんなことをしてはいけない！　そうだ。

「ここはやっぱり……」

と、片山は言った。

15 侵入

扉はガラガラと開いた。

「開いた」

と、尾田が自分で開けておいて、びっくりしている。「本当に開いたな」

「監視カメラ、大丈夫?」

と、涼子が訊く。

「うん。ちょっと故障させて来た」

尾田はこの手のことに強いのである。

「じゃ入りましょう」

片山は、少々気は咎めたが、〈オフィス・P〉の中へと入った。

夜もふけて、誰もいないことを確かめてからやって来たのである。

後で問題になることがあったら、と心配して、石津と晴美は四十階で待たせていた。

片山、尾田、涼子、ホームズの四人は会議室の中へと入った。

「ここだ」

明りを点けて、ホームズが見ていた壁布を見上げる。

「ここに何か秘密があるのか……」

片山は椅子を持って来て乗ると、壁をトントンと叩いて行った。

コツン、と違う手応えがある。

「ニャー」

と、ホームズが鳴いた。

「ここに何か……。凹みがある」

壁布を押すと、壁に穴があるのが分った。

ちょっとためらったが、片山はポケットからナイフを取り出して、壁布を切ってみた。

「片山さん、大丈夫？」

と、涼子が目をみはる。

「調べるために入ったんだ。やるしかない」

「そうね。片山さん、素敵！」

「おい……」

と、尾田がしかめっつらをして涼子を見た。

「妬かないの」

涼子が素早く尾田にキスした……。

「やあ、これは……」

片山は四角く布を切り取って外すと、「カメラだ」

小型のTVカメラが設置されていた。

「リモートコントロールですね」

と、尾田も椅子に上って、「うん。壁布は薄いから、室内にピントを合せておけば充分映る」

「しかしなぜ――」

と言いかけて、「そうか」

片山は椅子から下りると、

「壁を叩いてみて！　きっと他にもカメラが隠されてる」

涼子も張り切って椅子を持って行き、壁をトントンと叩いた。

すぐに、他にも同様に壁に仕込まれたカメラが四台見付かった。

「五台で、この会議室の中はカバーできますよ」

と、尾田は言った。

「それだけじゃない。出席者の手もとを覗けますよ」

「なるほど。ズームが付いてる」

「カメラだけじゃない。マイクもあるはずだ」

隠しマイクは、よく使われる場所——コンセントを外すと、中に隠してあったり、天井の照明器具の内側にもセットされていた。

「——隠しカメラに隠しマイク。ここで話されたことは全部〈オフィス・P〉の事務所に筒抜けだったんだ」

と、片山は言った。

「何のために?」

と、涼子が言った。

「情報を盗んで売っていたんだろう」

と、尾田が言った。「今は情報こそ一番の商品だ」

「他の会議室も同様でしょうね」

と、片山は言った。「ここでの極秘の話を記録して、競争相手の企業に売ったり、個人的な秘密はそれをネタに脅迫したりしていたんでしょう。——もちろん、ここが怪しいと思われないように用心してはいたでしょうが」

「やっぱり、あの女は……」

「間違いなく、大坪明美だろうね。社長の八木は、ただ雇われて、社長の役をやっているだけだ」

八木が汗をかいていたのも分る。八木がボロを出さないか、女がじっと見張っていたのだから。

「毎日、このいくつもの会議室で、色んな企業秘密が語られてる。それを狙って、初めからこういう盗聴、盗撮の設備を作ったんですね」

と、尾田は言った。

「じゃ、あの〈おばさん〉は？」

「恐らく、この〈オフィス・P〉を支えているスポンサーじゃないのかな。これだけの部屋を借りて、あれこれ設置しているんだ。相当な金がかかったはずだ」

と、片山は言った。「殺された小出雪子も、きっと出資者だったんだ」

「そして配当を受け取るってことね」

小出雪子が貯めていた数千万円もの金は、そこから入ったのだろう。

「明美という女が仕切っていたのかもしれない。用心棒として、組織の子分たちを雇っていたんだろう。――小出雪子は、何かこの〈オフィス・P〉にとって、危険な存在になったんで消されたんだ」

と、片山は言った。「ゆうべはきっとその出資者たちの集まりがあったんだ。そこへ石津の声が聞こえて、急いで引き上げた」

「そこへ、安西君が運悪く来合せたってわけだな」

と、尾田が言った。「しかし、連中はまだここのことがばれているとは思っていないでしょう」

「うまくごまかしたつもりでいるでしょうね」

と、片山は肯いた。

「今、ここをモニターしてるってことは……」

と、尾田が不安げに言った。

「下のフロアの事務所は誰もいませんでしたよ」

と、片山は言った。

「でも、電波を他へ飛ばすことは可能です」

と、尾田が言った。「そういう奴らなら、夜中も用心していると思った方が」

「そうか。――その手のことは弱くて」

片山はケータイを取り出すと、「石津たちに連絡して、すぐここへ人をよこしてもらいます」

と、ボタンを押そうとした。

そのとき、ホームズがパッと廊下へ飛び出して、

「ニャー!」

と、鋭く鳴いた。

「どうした!」

片山がそれを追って廊下へ出たとたん、銃声がして、銃弾が耳もとをかすめた。

「しまった!」

片山はホームズを抱きかかえると、会議室の中へ飛び込んだ。とたんに次々に銃声がして会議室のドアに音をたてる。

「気付かれてた!」

片山は尾田と涼子へ、「奥へ入って! 危い!」

と怒鳴った。

晴美と石津が聞きつけて来るだろうか? しかし相手は一人ではない。

そして、異様な匂いがした。

「これは――」

「ガソリン?」

と、涼子が言った。

まさか……。廊下を覗くと、黒い油が流れて来る。そして次の瞬間、炎が目の前に壁となって広がった。

「火を点けた!」

片山が、その熱気を避けて会議室の中へ戻ってドアを閉めた。

「消防署へ通報が行く」

と、尾田が言った。「すぐ救助に来るよ」

「でも――四十階もあるのよ! こんな所まではしご車は届かない」

「申し訳ない」

と、片山は言った。「まさかこんなことをするとは――」

「煙が……」

と、涼子が言った。

ドアの下から白煙が入り込んで来た。

涼子がむせてしゃがみ込んだ。

有毒ガスだ！　建材や壁布が燃えると、有毒ガスが発生する。

「吸い込むな！」

と、片山は叫んだ。「ハンカチを口に当てて、できるだけ低く——」

しかし、狭い会議室の中はたちまち煙でかすんで見えなくなるほどになる。

「尾田さん……」

涼子がぐったりと床に倒れた。尾田が、

「しっかりしろ！」

と抱き起こしたが、尾田自身も激しく咳込んで、ガスを吸い込んでしまう。

「ホームズ！　大丈夫か！」

片山は床を這った。頭がしびれたようにボーッとして来る。いけない！　このままじゃ……。

しかし、ここには窓もないのだ。

「ホームズ……。お前だけでも……逃げろ……」

目を開けていられない。息ができなくなって、片山は倒れた。

尾田と涼子が折り重なって倒れているのが煙の中にうっすらと浮んで見えたのが最後で、視界が閉ざされた。

明りも消えたのだ。
そしてドアがメリメリと音をたてて裂けると、炎が廊下を埋め尽くしていた。
畜生……。片山は、薄れ行く意識の中で、「晴美！　早く逃げろ！」と考えていた。
頬っぺたに、ホームズのザラつく舌を感じた。
ホームズ……。晴美を頼む……。
それきり片山は意識を失ってしまった。

うん……。
何だ、これは？
片山は目の前にチラチラと白い光を見て、同時に「痛い！」と感じた。
俺は……どうしたんだっけ？
咳込んで、片山は思い出した。
そうだ！　あの会議室で有毒ガスを吸ってしまった。
俺って、死んだのか？　死んでも咳は出るのかな。
「しっかりして！」
耳もとでいきなり怒鳴られて、片山は、

「ワッ！」

と、声を上げた。「頭が痛い！」

「良かった！　気が付いたのね！」

ボンヤリしていた視界がはっきりして、晴美の顔が見えた。

「晴美か……。ここは天国か？」

「馬鹿言ってないで！　病院よ」

「そうか……。いてて！」

片山は顔をしかめた。

「ガスを吸い込んでるから、当分頭痛がしてるそうよ。でも助かって良かった！」

「ああ……」

そう言ってから、片山は青ざめた。――訊くのが恐ろしかった。

「晴美……。他の……尾田さんと香川涼子君は？」

声がかすれた。「あの二人はどうなった？」

晴美が片山の手を握って、

「安心して。二人とも他の病室で寝てるけど、大丈夫。命に別状ないわ」

「そうか……」

片山は安堵の息をついたが――。「それで……ホームズは？　ホームズはどうした？」

晴美は答えなかった。片山は、

「まさか……」

と言いかけて――。

突然、ベッドの上にホームズがフワリと飛び上って来て、

「ニャー」

と、明るい声で鳴いたのである。

「ホームズ！　無事だったのか！」

片山はホームズを抱きしめようとして、頭痛で顔をしかめた。「いてて……」

「ホームズは床すれすれの空気を吸って、ガスをほとんど吸わなかったの」

と、晴美は言った。「助かったのはホームズのおかげよ」

「お前が知らせてくれたんじゃないのか」

「四十階まで煙が上って来て、初めて火事だって分ったけど、どうしてだかスプリンクラーが作動しなかったの」

と、晴美は言った。「階段で下りて行こうとしたけど、もう煙が充満してて。どこで燃えてるかも分らなかったし」

「じゃ、どうやって——」

「階段で立ち往生してるとき、ケータイにメールが入って来たの」

「メール？　どこから？」

「お兄さんのケータイからよ」

「何だって？」

晴美がケータイを取り出して、

「本文なしで、写真が送られて来た。——これよ」

ケータイの画面には、炎に包まれている会議室が映っていた。

「これ見て、お兄さんが危いって分ったんで、すぐ管理室へ連絡して、スプリンクラーを強制的に作動させてもらったの。そのまま息を止めて三十八階へ駆け下りた。——後は石津さんが大奮闘。それに、尾田さんの会社の人がエレベーターで大勢上って来てくれたの。これと同じ写真が、尾田さんのパソコン画面に送られたんですって」

「そうか……」

「ザーザー水が降り注いで、火の勢いは大分衰えてたんで、みんなで中へ飛び込んで、お兄さんたちを発見。かつぎ出したのよ」

晴美はニッコリ笑って、「良かったわ、みんな無事で」

「ああ……」

　そんな写真を撮って、メールで送るなんて、とてもそれだけの余裕はなかった。ということは……。


「ホームズ、お前……。いつの間に写メールなんてできるようになったんだ？」

ホームズはただクワッと口を開けて欠伸をしただけだった……。

「そうだ。あの〈オフィス・P〉を……」

と、片山が言いかけると、病室のドアが勢いよく開いて、

「片山さん！　目が覚めたんですか！」

石津の大声に、片山は顔をしかめて、

「大きな声、出すな！　頭に響く……」

「すみません！」

「だからでかい声を……」

片山は息をついた。「〈オフィス・P〉をすぐ捜索だ」

「今、準備して、令状を取っています」

「私、何か食べるもの、買って来るね」

と、晴美が言った。「お腹、空いたでしょ？」

のが聞こえて来た。

「でも、ちょっと——」

晴美が手で口もとを押えると、病室から駆け出して行った。ドアが閉る前に、晴美の泣くのが聞こえて来た。

「まあ、後でもいい」

「——晴美さん、大変でしたよ」

と、石津が言った。「『お兄さんが！　ホームズが！』って叫んで、火の中に飛び込んで行きそうで、僕が必死で止めたんです」

「そうか……。無茶をしたよ。悪かった」

と、片山は言った。「尾田さんたちまで、道連れになるところだった」

片山も目頭が熱くなった。ホームズが片山の顔へと近付いて来ると、片山の目の涙をなめるように取った。

「生きてて良かった……。な、ホームズ」

「ニャー」

と、ホームズは鳴いた。

「よし……」

片山はベッドに起き上った。刺すような痛みが頭を駆け巡ったが、少しじっとしていると、治まって来た。

「大丈夫ですか、片山さん?」

「ああ。——俺が行かないでどうする!」

片山は背筋を伸し、深呼吸した。「石津、車の運転は頼む」

「はい!」

「大声出すなと……」

16 逃亡

ああ……。

亜由は体中のあちこちの痛みを感じながら、少しずつ意識を取り戻した。

初めは、自分が寝かされていることに気付き、次に五ツ星ホテルのベッドの上ではないことが分った。ゴワゴワした布の上で、しかも布の下はがれきのようだった。

暗い。――どこだろう、ここ?

ほとんど光が入らず、何も分らないと思ったが、やがて目が慣れて来ると、どこか崩れかけた建物の中らしいと分る。

むき出しのコンクリート。欠け落ちた部分からは、曲った鉄骨が突き出ている。

部屋の広さはかなりあるが、空っぽだ。

ドアが一つ、閉じている。

壁の一部に穴が開いていて、そこからわずかに光が入っていた。

どうしてこんな所に？

起き上ろうとして、右手がぐいと引張られてギョッとした。

手錠だ。——右手首に手錠がかけられ、もう片方は、床から天井まで真直ぐ立ったパイプ
につながれている。

力を込めて引張ってみたが、びくともしない。——どういうこと？

思い出した。小出弘一の家で、誰かに薬をかがされたのだった。

あれから、どれくらいたったのだろう？

手探りで周りを捜したが、バッグも何もない。——ともかく誰かに誘拐されたということ
のようだ。

「私を……。どうして？」

起き上ると、亜由は、

「誰か！」

と、声を上げた。「誰かいませんか！」

声がワーンと響く。

いくら耳を澄ましても、物音らしいものは聞こえて来ない。

「ああ……」

体の方々が痛い。触ってみると、足首や膝に傷があるようだ。

ここへ運ばれて来るときに、打ちつけたかすりむいたか……。

ともかく、このままではどうすることもできない。——手錠は、頑丈で外れそうもなかった。手首を細くして抜けないかと思ったが、とても無理だった。

「誰なのよ！」

と、亜由は叫んだ。「こんなことして！　ただじゃおかないから！」

誰も聞いちゃいないだろうが、ともかく何か言ってやらずにはいられなかった。

でも——なぜ？　身代金を払えるほどのお金はない。何が目的なんだろう？

亜由には見当もつかなかった……。

「ああ……。喉が渇いた」

口の中がカサカサに乾いていた。

感覚が戻ると、寒さがこたえた。立て膝を抱え込んで小さくなったが、これで暖くなるわけじゃないし……。

「どうしてこんな目に遭うの？」

と、口に出して言った。

そのとき——部屋の隅の暗がりの中に、突然明るい光が現われて、亜由はびっくりした。

「え？　——え？」

あれは……。四角く光る画面だ。

パソコン？　どうして……。

白く光っていたその画面に、突然女の子が現われた。

「もう目が覚めた？」

あれは——弘一がパソコンで対話していたCGの少女、あゆだ。

「天宮亜由さん、今日(こんにち)は」

と、あゆが言った。「私は弘一さんの恋人、あゆよ」

「何よ、これ……」

パソコンは床に置かれていたが、亜由からは何メートルもあって、手錠でつながれた身ではとても届かない。

「ちょっと寝心地悪かったでしょうね。でも辛抱してね」

話しかけたってむだだ。相手は「絵」に過ぎない。

「ここには誰もいないわ。大声出してもむだよ。でも、私は優しいから、あなたのために色々用意したわ」

と、あゆは言った。「あなたの寝てる布をめくってみて。下に、毛布や食べるもの、飲物も置いてある」

足下の方に、たたんだ毛布。そしてリュックサックがある。引張り寄せて開けると、中にペットボトルやハンバーガーの袋などが入っていた。

亜由はミネラルウォーターのペットボトルの口をひねって開けると、一気に飲んでむせ返った。

「私って親切でしょ?」

と、あゆが言った。

「ありがたいこと」

と、亜由は息をついた。

「ねえ、恋敵にこんなに気をつかう子っているかしら」

「恋敵?」

「私、見てたわ。ずっと。あなたと弘一さんが抱き合ってるところ。恥ずかしい?」

CGの少女は、可愛い顔と声で、続けた。

「私はね、弘一さんの『彼女』なの。私と弘一さんの間に、誰も入れないのよ」

これは誰かがインプットした内容なのだ。画面の少女は、その通りしゃべっているに過ぎない。

しかしその可愛さが、話をいっそう気味悪くしていた。

「弘一さんは私だけを愛してたわ。それも純粋で汚（けが）れのない愛情だった。あなたは弘一さんを汚したんだわ」

亜由は周囲を見回した。誰かが、このパソコンの電源を入れ、作動させている。

「私、あなたを許さない。あなたが生きてる限り、弘一さんは迷って苦しむわ。だから、こうしてさらって来たの」

「どうしようってのよ」

と、つい言い返してしまう。

「知りたいでしょうね。あなたも、自分の運命を。でも、それは後のお楽しみ」

あゆはちょっと笑って、「また来るわね！　ごゆっくり！」

「ちょっと！」

画面が消えて、電源も切れた。

しばらく闇の中に、ぼんやりと白い四角形が見えていたが、やがてそれも消えた。

「――どうなってるのよ！」

と、亜由は大声を出した。

　むろん、返事はなかった。

　亜由はともかく、ペットボトルの水をガブ飲みし、ハンバーガーの包み紙を破って柔らかいパンに思い切りかみついた……。


「みごとなもんだな」

　と、片山も言わざるを得なかった。

　三十七階の〈オフィス・P〉の事務所は、文字通り「空っぽ」だった。

「ハナ紙一つ残ってませんね」

　と、石津が言った。

　オフィスだった空間に残っているのは、TVだけだった。

「このTVは？」

　と、片山が訊く。

「TVはこのビルの物です。ケーブルTVが入っているので」

　と、管理室の男性が言った。

「おい、指紋を」

　と、片山は言った。「たぶん、きれいに拭き取ってあるだろうけどな」

その点、おそらく大坪明美だったと思われる女は、馬鹿ではなかった。この事務所のドアノブから、洗面台の蛇口から、どこもきれいに拭われていたのである。

「——TVもきれいなもんですね」

と、鑑識の人間が言った。

「リモコンがあるわ」

と、晴美が言った。「でも、きっと……」

「そうですね」

と、指紋の粉をはたきながら、「残っていません」

ホームズが進み出て、「ニャーオ」と、一声鳴いた。

「そうか。リモコンに電池が入ってるだろ！」

と、片山は言った。

「分りました！」

布の上に、単三の電池2本が落ちた。指紋の粉をかけてみると、

「——出ました！　小さいけど……。うん、一つ二つ、見分けられるのがあります」

「すぐ照合してくれ」

と、片山は言った。

——ビルの中は大騒ぎだった。

三十八階の火災だけでも大事件だ。

「他の階まで燃え広がらなくて良かったわね」

と、晴美が言った。「あ、ケータイが」

晴美は電話に出ると、少し話して、片山の方へ、

「尾田さんも涼子さんも目を覚ましたって」

と言った。

「そうか！　後で見舞に行くと言っといてくれ」

「うん！」

片山の胸がスッと軽くなった。

何といっても、あんなに、

「危険だから、勝手をしないように」

と言った自分が、一般人である尾田と涼子を巻き込んでしまったことは、悔んでも悔み切れない。

万一——いや、あの状況では、誰かが死んでいてもおかしくなかった。

「あの……」

と、管理室の男性が言った。

「はい。三十八階の火災については、本当に申し訳なく思っています」

と、片山は言った。「改修費が警察から出せるかどうか分りませんが……」

「はあ。その点は上司とお話し下さい」

「そうしますが……。他にも何か？」

「実は……この〈オフィス・P〉の社長のことで」

「ああ。ええと……八木といったかな」

「そう名のっていました」

「――というと？」

「実は、向うは忘れていたようですが、八木という社長、昔私が使っていた部下なんです」

「は？」

「私は再就職で、六十過ぎてこの仕事についたんです。八木を見かけて、一瞬誰だか分りませんでしたが」

「知ってる男なんですね？」

「何度か見かける内に、思い出しました。向うは私のことなど眼中にない様子でしたが」

「八木というのは――」

「本当の名前は前田というはずです」

「分りました。どこに住んでいるか――」

「さあ……。以前は小さな建売でした」

「ご存じなんですか？」

「一度、一緒に飲んで、ひどく奴が酔っ払いましてね。タクシーで送ったことがあるんです」

「場所を教えて下さい！」

と、片山は張り切って言った。

「確かこの辺だったと……」

と、車の窓から表を見て、「あんなマンション、なかったな……」

「何年前のことですか？」

と、片山は訊いた。

「十年近く前でしょうか」

「じゃ、大分変ってますね」

「でも、今、駅を通りましたね。もうじきだと……」

車が四つ角にさしかかった。

「停めて下さい！」

「どこか分りましたか？」

「この角……。見憶えがあります」

と、管理室の男性――片山は名前を訊くのも忘れていた――は車を降りると、「確か、このすぐ近くで……」

「お兄さん」

と、晴美が言った。

「どうした？」

「見て」

晴美が指さす方を見ると、小さな建売住宅が四、五軒並んでいて、そこにいかにも場違いな大型のリムジンが停っていたのである。

「村井は凄い外車を見たと言ったな」

「もしかすると……」

あの明美という女は、「八木」が秘密を漏らすのを恐れているかもしれない。

「前田って人の口をふさごうとしてるのかも」

「急げ！」

片山と石津が駆け出す。晴美とホームズも後を追った。管理室の男は、

「あ！　その家です！」

と、嬉しそうに言ったが、誰も聞いていなかった……。


「警察だ！」

と、片山は怒鳴った。「出て来い！」

車に一人残っていた男が、あわてて運転席に入ると、エンジンをかけた。

「止まれ！」

片山は拳銃を抜いて車へと走り寄ると、運転席の男へ銃口を向けた。

男が両手を上げた。——が、車は動き出していた。

「おい、停めろ！」

ハンドルが勝手に回って、巨大な車体が大きくカーブすると、〈前田〉という表札の家の玄関へと向いた。

「危い！」

車が玄関のドアにもろにぶつかった。ドアが二つに割れた。

「お兄さん！　裏から！」

家の裏の小さな庭に、黒いスーツの男が二人飛び出した。

「待て！」

石津が突っ込んで行く。

「石津さん、気を付けて！」

男たちが、小さな垣根を越えようとしているところへ、石津は駆けて行った。

石津は幸運だったと言えるだろう。男の一人は拳銃を手にしていたが、ちょうど垣根をまたいでいて、構える余裕がなかった。

石津は男の腹に頭突きを食らわした。男が吹っ飛んで、庭の中の花壇へ落ちた。花壇を囲んだレンガに頭をぶつけて、男はのびてしまった。

もう一人はその様子を見て、あわてて走り出したが――。

ホームズが高く飛び上ると、その男の頭の上に着地した。鋭い爪が、男の髪の薄くなった頭に食い込んで、

「ワーッ！」

と、男は叫んでよろけた。

「止まれ！　手を上げろ！」

と、片山が駆けつける。

「分った！　撃つな！　俺は銃を持ってない！」

尻もちをつくと、両手を上げる。――ホームズは地面に下りて、晴美の方へと戻って行った。

「あのビルの一階で女性を撃ったのは誰だ！」

と、片山は銃を突き付けて訊いた。

「その……庭でのびてる奴だ」

「本当だな！」

「ああ……。すぐ銃を使いたがるんだ」

「前田を殺しに来たのか」

「ああ。あいつはびびってた。このままじゃ自首しかねないってんで……」

「殺したのか？」

「いや、見付からなくて……。捜してるところへお前たちが……」

片山は頭から血を流しているその男を引張って行って、手錠で車につないだ。

「片山さん。庭のは完全にのびてます」

「中を捜そう」

家の中へ入ると、片山は、

「前田さん！　八木さん！——どこにいるんですか！」

と呼んだ。「警察です！　もう大丈夫ですから出て来て下さい！」

返事がない。——仕方ない。中を捜そうとしていると、

「クシュン！」

片山は石津を見て、

「風邪か？」

「僕じゃありません」

片山は廊下の奥のユニットバスの浴室を覗いた。

「誰かいますか？」

と、片山が呼びかけると——。

少しして、バスタブのふたがコトッと動いて、ガタッと外れると、中学生くらいの女の子が、ずぶ濡れの格好で立ち上った。

「君一人？」

「いえ……」

ガタガタッとふたが外れて落ち、あの「八木」と、妻らしい女が立ち上った。

「こんな小さいバスタブに、よく三人も……」

「殺されるより溺れた方がましだ」

と、前田が言った。

「大丈夫。出て来なさい」

と、片山は促した。「八木さん、話してもらうよ」

「前田啓介です」

と、バスタブから出て、犬みたいにブルブルッと体を揺った。「女房と娘は何も知りません！」

「ともかく着替えなさい。居間で待ってる」

と、片山は拳銃をしまって促した。

「どうもありがとう……。ハクション！」

「おかげさまで……クシュン！」

三人は順番にクシャミしながら、バスルームを出た。

「今パトカーが来ます」

と、石津が言った。「間に合って良かったですね」

「ああ……。これ以上人が死んでほしくないからな」

と、片山は言った。

玄関のドアは無残に壊れている。

「この程度で済んで良かった」

と、片山が息をつくと、壊れたドアの隙間から管理室の男が顔を出して、

「この家で間違いありません」

と言ったのだった……。

17　計算違い

「もしもし、あなた」

と、冴島真弓はケータイを手に言った。

「何だ、どうした」

と、冴島が言った。

「あのね、急だけど、ちょっと旅行に出てくるわ」

「今からか？」

と、冴島がびっくりしている。

「ええ。お茶でご一緒の——ほら、太田（おおた）さんっているでしょ」

「そうだったか？」

「そう。その奥様から電話でね、お友だちが急に行けなくなったんで、もし良かったら代りにって言われて。今からだとキャンセルしても全額取られるっていうの」

「そいつはもったいないな」

「ね、そうでしょ？　だから、私にタダでいいからって」

「じゃ行ってくるといい」

「そう？　すぐ仕度して出るわ。向うからまた連絡するから」

「ああ、分った」

「じゃ、よろしくね」

「おい、待て。何日くらい行ってるんだ？」

「何日？　そうね……。はっきり聞いてないんだけど、二週間くらいかしら」

「長いんだな」

「特に大事な用ってなかったわよね」

「そうだな……」

「それじゃ――」

「おい、真弓。それでどこへ行くんだ？」

「あら、言わなかった？　いやだわ、私ったら」

と、真弓は笑って、「パリよ」

「――パリ？　フランスか？」

「ええ。それじゃね」

真弓は通話を切ると、息をついた。

「ぐずぐずしちゃいられないわ」

と呟くと、「パスポートとカードさえ持ってれば……」

スーツケースはもう玄関にあった。

「奥様、お出かけですか」

と、お手伝いの小夜子が顔を出す。

「ええ。ちょっと留守にするから、頼むわよ！」

真弓は玄関へと出た。

「タクシーをお呼びしますか？」

「自分の車で行くわ。スーツケース、運んで来て」

「はい」

ガレージの車のトランクを開け、スーツケースが納まると、

「行ってくるわ」

「はい。行ってらっしゃいませ。お気を付けて……」

と、小夜子は見送った。

——時間は充分あった。

ともかく成田へ行って、どこかで時間を潰そう、と真弓は思っていた。

赤信号で車を停め、ホッと息をつく。

「お出かけ？」

突然、後部座席に起き上ったのは——。

「あんた……。何してるの！」

真弓は愕然とした。

「奥さんこそ」

と、大坪明美は言った。「どこへ行くの？」

「放っといて」

と、真弓は言った。「大体、そっちの失敗じゃないの。あんな大ごとにしちゃって。私はあんたを信用して——」

「そんな言いわけ、通じませんよ。私と奥さんは共犯者。法的にはそうです」

「そんな——」

「ほら青ですよ、信号」

「分ってるわよ！」

車を走らせる。

「寄り道しましょう」

と、明美が言った。

「何ですって？」

「ご案内したい所があるんですよ」

「私は急ぐの」

「ご心配なく。時間は取らせません」

明美は道を指示した。

「主人の病院の方じゃないの」

「病院のすぐ近くのマンションに一部屋借りてるの、知ってました？」

「マンションを？　誰が？」

「ご主人です」

「──まさか」

「行ってみましょ」

と、明美はニヤリと笑って、「その後、二人旅ってことで」

「何のこと？」

「パリ行き、私も一緒に」

「馬鹿言わないで!」

「私もちょっとまずいんですよ」

と、明美は言った。「パスポートは持ってます」

「どうしてあんたが——」

「いいじゃないですか。国外逃亡」

「よして。私は何も知らないわ」

と、真弓はじっと前方を見つめた。

やがて、車は小さめのマンションに着いた。

「こんな所、知らないわ」

と、ロビーへ入って行く。

「中へ入ってみましょう。鍵は手に入れてあります」

明美の態度に、いささかムッとしながら、真弓はついて行った。

「——ここです」

明美が鍵を開け、「どうぞ」

ドアを開けると、真弓は玄関に並ぶ男女の靴を見て、青ざめた。夫の靴だ。

上って、左右へ目をやる。

奥のドアが少し開いていた。近付くと、女の声が聞こえて来る。

「先生……。先生……」

喘ぎ声の合間に、「私を……捨てないで……」

「ずっと大事にしてやる。本当だ」

「嬉しい……」

「あいつは二週間パリだ。毎日会えるぞ。どこか温泉にでも行こう」

「本当に？」

あの女だ。――千葉志帆。

「先生……。今は危いの。妊娠するかもしれない……」

「いいじゃないか。俺の子を産んでくれ」

と、冴島が言った。

「いいの？」

「ああ。――可愛い奴だ」

「先生……」

真弓は怒りで体が震えた。

明美が真弓の腕を取って、そっと囁いた。

「行きましょう……」

——マンションの部屋を出ると、明美は、

「これが私のプレゼント。——パリで、こんなこと、忘れましょ」

と言った。

「そうね……」

突然だった。——真弓はいきなり明美を力一杯突き飛ばした。明美は頭を壁に打ちつけて倒れる。

真弓は明美のバッグを引ったくると、中身をぶちまけた。小型の拳銃が落ちた。

真弓はそれを拾うと、再び部屋の中へと入って行った。

「やめて！　馬鹿なこと——」

と、明美がよろけながら起き上る。

明美がドアを開けて中へ入ったとき、銃声がした。女の悲鳴。

そして二発目、三発目。

明美は、寝室の入口で立ちすくんだ。

ベッドから半ば裸身をはみ出させて、冴島と志帆が血だらけになって死んでいた。

「何てことを……。逃げましょう！」

明美が言うと、真弓は振り返った。

「私は逃げないわ」

「奥さん……」

「あんたもよ」

真弓は銃口を明美へ向けた。

「やめて！」

こんなことになるとは――。

明美は、真弓が夫を愛しているとは思ってもいなかったのだ。

真弓は引金を引いた。

どれくらい時間がたったんだろう？

夜になると真暗になる。――そして、昼間はわずかな光が……。

朝だろうか。かすかな明りが入って来ている。

――食べる物はもうなくなっていた。

水は大切に飲んでいたので、まだペットボトル半分ほど残っている。

どうにもならない。一体何が起っているのだろう？

起きているのか眠っているのか、自分でもよく分らない状態の中、パソコンが起動した。

「――おはよう」

明るく言うあゆがまぶしい。

「何よ、一体……」

「おめでとう」

と、あゆが言った。「あなたの辛い思いも今日で終りよ」

「出してくれるわけ？」

と、つい言ってしまう。

「私、こんな風にしかあなたと話せないんじゃ失礼だもんね。私、あなたに会いに行くわ。ここ、ここを出て」

と、あゆが言った。

そのとき――足音がした。

ドアの向うだ。近付いて来る足音。

あ、あゆがやって来る？　本当に？

足音が止り、重いドアが、きしみながら開いた。

パソコンの画面の光で、部屋の中は明るくなっている。

セーラー服の少女が入って来て、

「私、来たわよ」

と言った。

亜由は愕然としてそのセーラー服の少女を――いや、セーラー服を着た弘一を見た。

「分ったでしょ？　私は本当にここにいるのよ」

と、弘一が言った。

「弘一君！」

「何言ってるの。ここには弘一さんはいないわ。私とあなただけよ」

「弘一君……」

「あなたは私の弘一さんを誘惑して堕落させたわ！　そうよ。あなたがいなけりゃ、弘一さんは私を抱くなんて汚らわしいこと、考えなかったのに！」

「しっかりして、弘一君！」

「騒いでもむだよ」

と、弘一は言った。「ここには誰も来ないわ。――ここ、廃ビルの地下なの」

弘一は上を見て、

「今日、このビルは取り壊される。一気に上から崩すの。この地下は、コンクリートの破片で埋るわ」

「何してるか分ってるの？」

「後で、片付けるときに見付かるわ。大丈夫。ちゃんとお葬式は出せるわよ」

と、弘一は言った。「そして、また弘一さんは私一人のものになるの……」

「目を覚まして、弘一君！」

「あなたは弘一さんを分ってない。弘一さんは肉体のある女なんて興味ないの。純粋で、素直で、心から自分を慕ってくれる女性だけが、彼の恋人でいられるのよ……」

弘一は微笑むと、「じゃあ、さようなら。——もう会うことないわね」

「待って！　弘一君！」

と、亜由は叫んだが、ドアは閉じられた。

パソコンの中で、あゆが笑った。

「あなたが、いくら弘一さんを誘惑しても、私にはかなわない。だって、あなたは年をとっていくけど、私はいつまでもこのままだもの！」

誇らしげに言って、「じゃあ、さようなら！」

あゆの姿が消えた。

そして——しばらくすると、地鳴りのような音がして、細かい震動が伝わって来た。

バラバラと天井からかけらが落ちて来た。——本当に取り壊すんだ！

「やめて！」

亜由は精一杯叫んだ。「ここにいるわ！　地下にいるのよ！　助けて！」

地上では重い機械が何台も動いているだろう。そのエンジン音が、亜由の声をかき消してしまう……。

何かが崩れる音がして、建物が揺れた。

壊れる！　落ちて来る破片に、亜由は頭を抱えた。

誰か……。助けて！　死にたくない！

そのとき——頭上の騒音がピタリと止んだ。

何だろう？

却って恐ろしい気がして、亜由は震えた。天井が一気に落ちて来るのか……。

「——え？」

幻聴だろうか？　それとも……。

猫の声のようだったけど……。

でも、まさか……。

「亜由さん！」

と、声がした。「晴美よ！」

「ここにいるわ！」

と、亜由は叫んだ。

重いドアが開くと、真直ぐに駆けて来たのはホームズだった。

「ああ……。来てくれたのね！」

ホームズのザラつく舌が亜由の頰をなめ回して、その頰には涙がとめどなく流れて行った

……。

エピローグ

「ありがとう、片山さん」

病院のベッドで、亜由は言った。

「大したことなくて良かった。少し休めば回復するよ」

「ええ……」

亜由は肯いて、「弘一君は――どうしました?」

「入院してるよ。――君に恋したことで、パソコンの中のあゆに罪の意識を抱いたんだろうって。CGの少女を、現実の存在だといつの間にか信じていたんだ」

「気の毒だわ……」

と、亜由は呟いた。「でもよくあそこが分りましたね」

「八木がしゃべったんだ。あそこに、〈オフィス・P〉で稼いだ金が隠してあったんだよ」

と、片山は言った。「弘一は母親に一度あそこへ連れて行ってもらった。小出家の近くだったんだ」

病室のドアが開いて、

「やあ！　元気そうだな」

尾田が入って来た。

「すみません、休んでて……」

「なに、今度お前の経験をゲームにしようかと思ってるんだ。どうだ？」

「いやです！　思い出したくない」

「業務命令だ」

「ひどい！　病人に向って」

「そんな元気な病人がいるか」

と、尾田は笑った。

「――どうも」

晴美がホームズを抱いて入って来た。

「ホームズ！　命の恩人だわ」

と、亜由は手を伸して、「恩猫か」

「ニャー」

ホームズは、亜由のベッドにフワリと飛び上った。

「――冴島真弓は？」

と、晴美が訊いた。「自首して来たんでしょ？」

「うん。〈オフィス・P〉のことも話してるそうだ。――ぜいたくな旅行や宝石に金を使い過ぎて、借金でなく金の入る話はないかと、同じような奥さんたちと話しているのを、たまたまあの明美が耳にしていた」

「それで、〈オフィス・P〉の仕事を始めたのね」

「もともと計画はあったが、資金がなかった。そこへ、金持の夫人たちが投資して、充分利益を上げたわけだ」

「なぜ小出雪子は殺されたの？」

「利益は等分に分けるはずが、冴島真弓が一時的に金が必要になって、多く取って、それで不満なメンバーが出て来た。雪子はそのリーダーだったんだ」

「じゃ、殺したのは――」

「明美が、真弓に頼まれてやったらしい。――真弓の話だが事実だろう。人を銃で撃つにしても、カッとしてでなく殺したら、銃を弘一の部屋の屑入れに入れておくなんて、素人にはできない」

「真弓と明美が結びついてたのね」

「村井を真弓の車の前へ突き飛ばして殺したのも明美だろう。真弓の弱味をつかんでおきたかったようだ」

「まさか、その真弓に撃たれるとは思わなかったでしょうね」

「うん……。冴島と、死んだ千葉志帆は可哀そうなことをしたな」

「本当ね」

亜由は尾田を見て、

「殺されないようにして下さいね」

と言った。

「涼子とは……ちょっとした気の迷いだ」

と、尾田は言った。「涼子はもうケロリと忘れてる」

「奥さんは忘れてませんよ」

「ちゃんと償いはするよ」

と、尾田は渋い顔で言った……。

「さて」

と、晴美は言った。「お兄さんの方はどうするの?」

「え？」

「とぼけないで。安西むつみさんのことよ！」

「ああ……。しかし、まだしばらく入院してるからな」

「放っとく気？」

「そうじゃないが……」

「お兄さん、ケータイが鳴ってる」

「あ、いけね」

片山は急いで病室を出て、「もしもし？——あ、叔母さん」

児島光枝からだった。

「安西むつみさんのことだけど……」

「ええ、これから見舞に行こうと思ってたんですよ」

「そう。それはいいけど……」

「何か？」

「あのね……。むつみさんから義太郎ちゃんに伝言があるの」

「何ですか？」

「この度はご縁がなかったということで、って……」

「そ、そうですか」

「元気出してね」

「僕は元気ですよ！」

「むつみさん、手術してくれた外科の永井先生って人にプロポーズされて、受けたんですって。——じゃ、またね」

「どうも……」

片山がケータイを手に、ちょっとぼんやり立っていると——。いつの間にかホームズが足下に座っていた。

「ホームズ、お前も女だろ」

と、片山は言った。「俺には女心は分らない」

ホームズはちょっと欠伸をした。

「晴美の奴に何て言えばいいんだ？」

片山はため息をつくと、ホームズと一緒に病室へと戻って行った……。

解説

山前 譲
（推理小説研究家）

我らが三毛猫ホームズの活躍も、この『三毛猫ホームズの夢紀行』が数えて四十八作目となります。四十八作！　なんとも歴史を感じさせる数字ですが、ホームズはもちろんのこと、飼い主である片山義太郎と晴美の元気な姿は、この長編でも変わりありません。いつものように、大食漢の石津刑事は頼もしいかぎりです。

長くつづいている人気シリーズで羨ましいのは、作中での時の歩みがまったく、あるいはほとんど感じられないことです。ホームズは絹のように艶やかな毛並みをずっとキープしています。警視庁の刑事である義太郎が、定年退職の時を迎えるようなことはありません。晴美と石津の結婚式が行われる気配もありません……これは別に年齢には関係ないでしょうが。

翻って読者には、当たり前のことですが、確実に時が流れていきます。三毛猫ホームズのシリーズを読みはじめてから二十歳の成人式を迎えた人は、たくさんいるでしょう（残念ながらというか、筆者は……）。学校を卒業したり、会社に勤めはじめたり、昇進したり、結婚したり、子供が誕生したりと、年齢を重ねていくなかで、さまざまな出来事が起こっているはずです。

孔子の『論語』をひもとけば、四十にして心に迷いがなくなり（不惑）、五十にして自分の天命を自覚するそうです（知命）。そして六十にして耳順、ようやく他人の意見に素直に耳を傾けることができるようになるとのことですが、その一年後には還暦ですから、自身の老いのほうが気になってしまうかもしれません。本当にホームズたちが羨ましいかぎりです。

当然ながら、社会にも時代の流れがあります。初登場作の『三毛猫ホームズの推理』が刊行されたのは一九七八年四月のことでした。六月には宮城県沖地震が起こり、八月には日中平和友好条約が調印されています。新東京国際空港、現在の成田国際空港が開港したのもこの年でした。

映画では、「スター・ウォーズ」や「サタデー・ナイト・フィーバー」が日本で公開されています。「フィーバー」は流行語になりました。分割民営化以前の国鉄によるキャンペーン「いい日旅立ち」が好評で、キャンペーンに使われた山口百恵さんの歌がヒットしました。個人的には、四月のキャンディーズの解散コンサートが……いや、それはさておき、もはやこうした出来事は、歴史の一齣となり、郷愁の対象となっています。

と同時に、現在につながる出来事もありました。九月に、世界初の日本語ワードプロセッサ、いわゆるワープロの開発に成功したことが発表されています。翌年に発売されたときの価格は、なんと六百三十万円でした。やがて安価なパーソナルユースのものが開発され、かなり普及したにもかかわらず、今ではワープロ専用機の新製品が発売されることがありません。しかし、パソコンにおいて、ワープロ・ソフトは不可欠なものとなっているのは言うまでもないでしょう。

そのパソコン、すなわちパーソナルコンピュータの夜明けとなる画期的な製品が発売されたのも、一九七八年でした。そして翌年には、携帯電話へと発展していく自動車電話の、一般向けの本格的なサービスが始まっています。

一方、四十八作目の『三毛猫ホームズの夢紀行』は、二〇一一年三月号から翌二〇一二年三月号まで「小説宝石」に連載された長編です。二十一世紀に入ってからもう十年が経っていました。ケータイで連絡を取り合うのが当たり前で、インターネットによって世界中が結ばれている時代です。作中人物はほとんど歳を取らなくても、作品の背景となる社会状況は、第一作と第四十八作では大きく違っています。

片山義太郎が駆けつけた事件現場には、心臓を撃ち抜かれた女性の死体がありました。小出雪子(いでゆきこ)、四十六歳。地味な服装の、ごく普通の女性です。二十四歳の息子・弘一(こういち)との二人暮らしでしたが、その弘一は四年前から自宅に引きこもっていました。一歩も外に出ず、パソコン上の彼女である「あゆ」と楽しい毎日をおくっていたのです。

しかし、母親の死が弘一の生活を一変させます。死体を発見してまず連絡したのは、大学時代につき合っていた天宮亜由でした。彼女は独りぼっちとなった弘一の面倒をみはじめます。弘一は再び、社会との接点を持ちはじめるのです。

そして義太郎の捜査は、普通の主婦にしては多すぎる財産のあった雪子が、亜由の勤務先もある四十階建てのオフィスビルに、別人のような姿で出入りしていたことをつきとめます。どうやらそのビルには何か秘密が……。

よく知られているように赤川作品では、流行語を多用して時代性を強調するようなことはありませんでした。社会の流れを超えた、人間の本質的な姿を捉えてきました。そうした観点からすると、この『三毛猫ホームズの夢紀行』は時代性が濃厚で、ちょっと違った印象を受けるかもしれません。

いわゆる「引きこもり」が社会的現象として大きく注目されるようになったのは、二十一世紀になってからでしょうか。ただ、簡単にひとくくりにして語ることのできない現象でもあるようです。学校や会社といった社会的組織と関係を断って引きこもっても、メールやインターネットで容易に他者とコミュニケーションができるのが現代です。逆に、ゲーム機やパソコンソフトで、いつでもいつまでも、自分の世界に没入できるのも現代なのです。

その「引きこもり」の若者の日常から物語の幕が開くのですから、この『三毛猫ホームズの夢紀行』はじつに現代的なミステリーと言えます。ただ、その現代性には逆説的な意味が込められているのです。二〇一二年四月にカッパ・ノベルス（光文社）の一冊として刊行された際に、以下のような「著者のことば」が寄せられていました。

コンピューターの発達はとどまるところを知らない。パソコンがあれば、世界の都市を散歩することもできる。しかし、決してできないのは、「人とじかに触れ合う」ことだ。ヴァーチャルリアリティの中でしか恋愛もできないという若者がいる。人は傷つくことで成長するという、いつの世にも変らない真実を、エンタテインメントの形で届けたい。
——そう。「猫にひっかかれたら痛い！」という真実を。

『三毛猫ホームズの夢紀行』もやはり、紛れもなく赤川作品のひとつなのでした。いかに社会が変化しようとも揺るぎない本質的な人間の姿が、ここでも描かれています。これまでにも、『三毛猫ホームズの世紀末』や『三毛猫ホームズの最後の審判』のような、時代性の濃厚な作品はありましたが、その創作姿勢は本書と変わりなかったはずです。
ただ、ホームズの活躍に注目してみると、じつは思いもよらない現代的な行動に驚かされるのです。なんと＊＊＊で％％％して＃＃＃るではありませんか！　別に誤植ではありません。ホームズがとんでもない方法で片山義太郎たちを助けていますが、猫にしてはあまりにも大胆にして意外な行動なので、さすがにここで明らかにするわけにはいかないのです。

　ホームズがメスの三毛猫であることは紛れもない事実です。同時に、とても猫とは思えない行動をこれまで幾度となく見せてきたことも事実です。カセットレコーダーでテープを再生したり、ケータイで石津と連絡を取ったり、舞台で演じたり、うなぎが好物だったりと、ほとんど人類と変わらない姿を！

　ですから、シリーズの愛読者なら、たいていのことには驚かないと思います。しかし、この『三毛猫ホームズの夢紀行』でのホームズの行動には、もったいぶって申し訳ありませんが、絶対ビックリするはずです。そして、まさに危機一髪の事態を救ったその行動には、拍手喝采したくなるはずです。もっとも、そのことを指摘されると、とぼけたそぶりを見せる奥ゆかしいホームズではありますが……。

　人間社会の変化にも対応しつつ、多くの事件を解決に導いてきたそのホームズには、不惑だとか還暦だとかはもちろん関係ありません。シリーズ第四十八作の次は第四十九作、その次は大きな節目となる第五十作と、謎めいた事件があるかぎり、その名探偵としての活躍は続くのです。

〈初出〉
「小説宝石」二〇一一年三月号～二〇一二年三月号
二〇一二年四月　カッパノベルス刊

光文社文庫

長編推理小説
三毛猫ホームズの夢紀行
著者　赤川次郎

2015年2月20日　初版1刷発行

発行者　鈴木広和
印刷　萩原印刷
製本　ナショナル製本

発行所　株式会社　光文社
〒112-8011　東京都文京区音羽1-16-6
電話（03）5395-8149　編集部
8116　書籍販売部
8125　業務部

落丁本・乱丁本は業務部にご連絡くだされば、お取替えいたします。
ISBN978-4-334-76865-2　Printed in Japan

組版　萩原印刷

お願い　光文社文庫をお読みになって、いかがでございましたか。「読後の感想」を編集部あてに、ぜひお送りください。
　このほか光文社文庫では、どんな本をお読みになりましたか。これから、どういう本をご希望ですか。どの本も、誤植がないようつとめていますが、もしお気づきの点がございましたら、お教えください。ご職業、ご年齢などもお書きそえいただければ幸いです。当社の規定により本来の目的以外に使用せず、大切に扱わせていただきます。

光文社文庫編集部

うぐいす色の旅行鞄〈27歳の秋〉

利休鼠のララバイ〈28歳の冬〉

濡羽色のマスク〈29歳の秋〉

茜色のプロムナード〈30歳の春〉

虹色のヴァイオリン〈31歳の冬〉

枯葉色のノートブック〈32歳の秋〉

真珠色のコーヒーカップ〈33歳の春〉

桜色のハーフコート〈34歳の秋〉

萌黄色のハンカチーフ〈35歳の春〉

柿色のベビーベッド〈36歳の秋〉

コバルトブルーのパンフレット〈37歳の夏〉

菫色のハンドバッグ〈38歳の冬〉

オレンジ色のステッキ〈39歳の秋〉

新緑色のスクールバス〈40歳の冬〉

肌色のポートレート〈41歳の冬〉

爽香読本 夢色のガイドブック
――杉原爽香、二十一年の軌跡 書下ろし短編「赤いランドセル〈10歳の春〉」収録

赤川次郎ファン・クラブ

三毛猫ホームズと仲間たち

入会のご案内

会員特典

★会誌「三毛猫ホームズの事件簿」(年４回発行)
会誌の内容は、会員だけが読めるショートショート(肉筆原稿を掲載)、赤川先生の近況報告、先生への質問コーナーなど盛りだくさん。

★ファンの集いを開催
毎年夏、ファンの集いを開催。賞品が当たるクイズ・コーナー、サイン会など、先生と直接お話しできる数少ない機会です。

★「赤川次郎全作品リスト」
500冊を超える著作を検索できる目録を毎年５月に更新。ファン必携のリストです。

ご入会希望の方は、必ず封書で、〒、住所、氏名を明記の上、80円切手１枚を同封し、下記までお送りください。(個人情報は、規定により本来の目的以外に使用せず大切に扱わせていただきます)

〒112-8011
東京都文京区音羽 1-16-6
(株)光文社　文庫編集部内
「赤川次郎Ｆ・Ｃに入りたい」係